Adil Yıldırım

6 Ocak 1982 İstanbul doğumlu olan Adil Yıldırım, Marmara Üniversitesi Siyaset Bilimi ve Fransızca Kamu Yönetimi Bölümü'nden mezun olduktan sonra 10 yıl İtalya'da yaşadı.

Bu süre zarfında, Milano Teknik Üniversitesi Politecnico di Milano'da Uluslararası Marketing dalında yüksek lisansını tamamladıktan sonra felsefe ve insan ilişkilerine olan merakı nedeniyle bu alanlarda kendini geliştirmeye karar verdi ve çeşitli seminerlere katıldı.

ICF – Uluslararası Koçluk Federasyonu bünyesinde İlişki Koçu olarak eğitimlerini İtalya'da tamamlayan Adil Yıldırım, bir yandan da ortaokul yıllarından beri devam eden edebiyat merakını sürdürdü ve yazdığı kısa hikâyeler İtalya'da Corriere della Sera Gazetesi'nin hafta sonu eklerinde yayınlandı.

Her zaman bir romancı olduğunun altını çizen Adil Yıldırım Türkiye'ye döndükten sonra *Gecede Saklı Yalnız Aşklar* adlı ilk romanını yazdı ve bu roman 2017 senesinde yayınlandı. Bu romanın ardından hayatımızdaki tinsel dinamikleri kaleme aldığı *Zamanın Sessiz Ruhu, Tesadüfe Yer Yoktur* isimli romanı 2019 senesi Nisan ayında okurları ile buluştu. Yine 2019 senesi Temmuz ayında ise *Gecede Saklı Yalnız Aşklar*'ın devamı niteliğinde olan *Med Cezir* adlı romanı yayınlandı.

"Yazmak en büyük terapidir," diyerek yazmayı çok sevdiğini belirten Adil Yıldırım "İnsan yaşarken yalan söyleyebilir ancak yazarken asla yalan söyleyemez; çünkü yazan insan kendi ruhuyla yüzleşmek zorundadır," söylemiyle roman yazma serüvenini tanımlıyor.

Şeytan Tüyü
Adil Yıldırım

İthaki Yayınları - 1682

Yayıma Hazırlayan: *Burak Albayrak*
Düzelti ve Son Okuma: *Devrim Horlu*
Kapak Tasarımı: *Hamdi Akçay*
Sayfa Düzeni ve Baskıya Hazırlık: *B. Elif Balkın*
3. Baskı, Mart 2021, İstanbul

ISBN: 978-625-7913-50-8

Sertifika No: 46603

İthaki™ Penguen Kitap-Kaset Bas. Yay. Paz. Tic. A.Ş.'nin tescilli markasıdır.
Caferağa Mah. Neşe Sok. 1907 Apt. No: 31 Moda, Kadıköy-İstanbul
Tel: (0216) 348 36 97 Faks: (0216) 449 98 34
editor@ithaki.com.tr – www.ithaki.com.tr – www.ilknokta.com

Kapak, İç Baskı: Deniz Ofset Matbaacılık
Maltepe Mah. Hastane Yolu Sok. No: 1/6, Zeytinburnu-İstanbul
Tel: (0212) 613 30 06 denizmatbaamucellit@gmail.com
Sertifika No: 48625

ADİL YILDIRIM

ŞEYTAN TÜYÜ

ithaki

“Şiddet içermeyen cinsellik, lezzetsiz bir yemek gibidir...”

Marquis de Sade

I

Bir erkeğin ruhuna yolculuk...

Bu satırları yazarken içimde garip bir his var çünkü ruhumu daha önce kimseye açmadım. Belki de buna gerek duymadım, bugüne kadar öyle bir şekilde yaşadım ki ne yaşadığıma veya neden yaşadığıma dair hiçbir merakım olmadı, sadece yaşadım. Bir an için "Bu nasıl bir yaşam şekli?" diye sormadan ve hemen beni yargılamaya başlamadan önce ben size şunu sormak istiyorum: "Hali hazırda her insan böyle yaşamıyor mu? Her insan olmasa bile büyük bir çoğunluk yaşamını otomatik pilotta sürdürmüyor mu?"

Birbirimize bir söz verelim ve bu satırların başından sonuna kadar karşılıklı dürüstlük ilkesini koruyalım; ben kendi adıma şunu söyleyebilirim ki eğer dürüst olmayacak olsam hiç bu tip yazma çizme işlerine girmezdim. Aslında benim kadar yoğun yaşayan, her saniyenin suyunu sıkan ve hedonist yaşama kendini adayan bir adamın her şeyi bir kenara bırakıp kâğıda ruhunu dökmesi çok lüks bir tercih. Evet doğru tanım kesinlikle budur: Lüks.

Bunu lüks diye tanımlamamın en büyük sebebi; sizin lüks yaşadığınızı ortaya koyan faktör zamanı nasıl geçirdiğinizdir.

Özellikle bir erkeği sürüden ayıran, diğer erkeklerden farklı olduğunu gösteren unsur, zamanı nasıl geçirdiğine, elindeki zaman ile ne yaptığına bağlıdır. Ben yaptıklarımla, zamanını saçma sapan futbol maçlarını izleyerek geçiren erkeklerden tamamen ayrılıyorum. Onlar benim gözümde birer çöp. Onlar aslında yoklar; sadece var olduklarını sanıyorlar...

Evet, en başında yazdığım gibi, ben dürüstlük ilkesini korumak zorundayım, aksi halde zihnimden parmağıma ve ardından parmağımdan ekrana düşen her harf, her kelime ve cümle anlamsız olacaktır. Ben bu ve buna benzer erkeklerden tamamen farklıyım çünkü benim dünyamda zevklerimi ben belirlerim. Bir futbolcunun kaçırdığı gol, son dakikada sahada yaptığı bir hata, benim hayatıma hiçbir şekilde etki edemez. Benim zevklerim, başarılarım ve sahip olduklarım asla bir başkasının iradesine bağlı olamaz. Benim dünyamı ben belirlerim, tasarlarım, gerekli adımları atarım ve bir şekilde sabırla işleyerek iş hayatımda ve özel hayatımda başarıyı yakalarım. Aksi halde, yaşadığım bu varlık seviyesine "Benim dünyam" demenin bir anlamı olabilir mi?

Madem dertleşiyoruz ya da dertleşeceğiz, bu satırları okuyacak kimliği meçhul okura şunu sormak zorundayım: Sizce de başkalarının iradesine bağlı olarak yaşamak saçma değil midir? Elbette bu soruya herkes saçma diye yanıt verecektir, öte yandan kendi kararların ile yaşadığın hayat sana uçsuz bucaksız bir özgürlük alanı verecektir, peki sen bu özgürlüğü taşıyabilir misin?

Özgürlük insanın hep arzuladığı, peşinden koştuğu fakat aynı zamanda başına en büyük belaları açan yüktür, bu konuda en ufak bir şüphem yok. Yine de benim gibi hayatını kendi tercihlerine bağlı olarak yaşayanlar için özgürlük yükünü taşımak bir zevk meselesidir, hedonizm tanımının içerisinde acı da vardır ve eğer sahip olduğum özgürlük bana birtakım acılar getirecekse ben bu maliyeti karşılamaya hazırım.

Ben bulunduğu sosyal çevrede oldukça popüler, kırklarında, yakışıklı diye tanımlanan cinsten, başarılı ve hayatı boyunca çalışmasına gerek olmayacak ölçüde zengin biriyim. Para konusunda sıkıntım yok. Bunları kendim başardım; öte yandan ailem de varlıklıydı ve para ile büyümek konusunda eğitimli olduğum söylenebilir. Yaptığım işlerden para kazanmayı bilirim ve harcamayı, işte bunu, gerçekten iyi bilirim. Ben parayı, harcamak için kazanırım.

Ben adrenalin için yaşıyorum, zevk aldığım şeyler bana adrenalin verir ve ben bu yoğun heyecan hissini yaşamak için her şeyi yaparım. Benim hayat anlayışım **hedonizm**dir.

Bu kitapta, yukarıda kısaca değindiğim özelliklere sahip bir erkeğin hayatını yaşarken neler yaptığını, hangi sınırları aştığını ve kadınlarla nasıl ilişkilere girdiğini sizlerle paylaşacağım. Asla kimliğim bilinmeyecek, isimler sahte olacak ama olaylar, işte tüm olaylar gerçek hayatın ta kendisi olacak. Bu konuda kendime söz verdim çünkü hayatın herhangi bir alanında olaylar birebir anlatıldıktan sonra bu olaylara can veren insanların isimleri sadece birer araçtır, hiçbir anlamı yoktur. Asıl olan, bu olayların birebir olarak yaşanmış olmasıdır.

Ben buna inanıyorum.

Bir erkeğin para harcama biçimi zevk kalitesini belirler dedik. Bu ne anlama geliyor? Madem bu maceraya giriştim sizlere erkek dünyasından bazı tabirleri aktarmam gerekiyor.

Zevk Kalitesi: Varlıklı bir erkeğin parasıyla yapabileceği onca şey arasında, parasını kullanmak konusundaki tercihleri, son kararı ve yoğunlaştığı alanlar. İşte bu, zevk kalitesinin en basit ve anlaşılır tanımıdır. Kavramın kendisi bu kadar basit değil, zira farklı yaşam tarzlarını içerdiği için oldukça karmaşık ancak ben en basit hâliyle tanımı ortaya koymak istedim. Bana kalırsa örnekler vermek her zaman daha aydınlatıcı oluyor; dediğim gibi çevremde çok geniş bir yelpazede insanlar var ve bu insanların bazıları çocukluk dönemi boyunca bir ekmeği dört beş kardeşiyle bölüşüp yemek zorunda kalmış, bırakın lüks hayatı temel ihtiyaçlarını bile karşılamadan yıllar geçirmiş adamlar. Sonrasında, hayatta işleyişi ve *iş dünyasında oyunun kurallarını* çözerek asla hayal bile edemeyecekleri rakamları elde etmişler ancak şuraya dikkat edin, onların zenginlikleri ve hayat standartları değişmiş olmasına rağmen özlerindeki o sefil zevkler hiçbir zaman değişmemiş.

Bankada milyonları olan bir adam, sosyetede özel partilere hatta seks partilerine bile davet edilen bir genç milyoner, pavyonda gidip eğlenir mi? Pavyon nedir ki? Pavyonun olduğu bir sokaktan geçilir mi?

İşte bundan bahsediyorum, sanırım beni anladınız. Geldiği yeri asla unutmuyor ve gizli gizli de olsa sokak arasındaki bir pavyona gidip oradaki konsomatris kızlarla eğleniyor, sadece bunu yaptığında yani kendi özüne döndüğünde gerçekten yaşadığını hissediyor; fakat bizimle bir araya geldiği nezih yemeklerde rolüne hemen giriyor ve asalet timsali gibi dolaşıyor hatta bazı insanları avam bulduğunu söylüyor ve aşağılıyor.

Neden?

Çünkü bir temeli yok. Evet yıllar içerisinde hayatına birçok kat inşa etmiş ancak temelsiz bir bina mutlaka sarsılmaya başlayacaktır. Ait olmadığı bir alemde eğreti duruyor.

Her erkek istediği yerde eğlenir ve zevklerini yaşar, buna bir sözüm yok.

Ben zamanımla ne yapıyorum? Benim özel hayatım genel olarak ya yatakta ya da restoranda geçiyor. Ya sevişiyorum ya da bunu yapabilmek için yeterince besleniyorum. Benim en büyük zevkim kadınlar. Evli olmam, hatta karımı hâlâ seviyor olmam, buna engel değil. Hayatımın amacı farklı kadınların lezzetine ulaşmak, onları keşfetmek, onlarla olmak ama sadece cinsellik değil, ruhlarını ele geçirmek, onları bana bağlı hatta bağımlı hâle getirmek.

Bunu yapabilmek, ruhunda belli ölçülerde kötülük barındırmak anlamına geliyor ve ben bu kötülüğü hatta daha fazlasını ruhumda taşıyorum. İşte burada oyun başlıyor çünkü bir insanı dinlerken, okurken ya da uzaktan izlerken onu yargılama süreci kötülüğü fark ettiğiniz anda başlar. Sanki sizin ruhunuzda hiçbir kötülük yokmuş gibi onun kötülüğünü rezil bulmaya, aşağılık bulmaya ve onu hudutsuzca yargılamaya başlarsınız. Bunu her insan yapar; yargılamak zevkli bir eylemdir, insanın kendisini tatmin etmesi anlamına gelir.

Oysa, bir an için durup düşündüğümüzde, her insanın ruhunda bolca kötülük vardır ve hatta açık fikrimi ifade etmem gerekirse, ruhunda kötülük olmayan bir insanın iyi bir insan olduğunu iddia edemeyiz; çünkü ona iyilik ve kötülük arasında bir seçim yapma fırsatı tanımadığımız sürece gerçekte özünde neyin saklı olduğunu bilmek imkânsızdır. İşte bu durumda, yani iyi ile kötü arasında bir seçim yapması gerektiğinde o insanın seçimi, kendi ruhunu ortaya koyduğu andır.

Ben de ruhumda her insan kadar kötülüğü barındırıyorum. Sınırlarım var, kötülük konusunda aşamadığım çizgilerim var, aşmaya çalıştım ancak o çizgilerin ötesine geçip ruhumu alevlere teslim edemedim. Bu konuda sayısız denemem oldu, küçük yaşlardan itibaren garip bir merakım vardı, etrafımdaki diğer salak çocuklar gibi saçma sapan oyunlara veya kız peşinde koşmaya meraklı değildim, ben kendi kötülüğümün sınırlarını keşfetmek üzerine çalışmalar yapıyordum.

Örneğin çocukken bir komşunun ağacından erik çalmaya niyet ettiğimizde, saf arkadaşlarım kendilerini kötü sanarak erikleri toplayıp, belki birkaç tane dal kırıp koşarak kaçmayı şeytani bir eylem olarak görüyorlardı. Oysa benim için bu yeterli değildi; daha fazlasını yapabileceğimi biliyordum ve olay yerinden kaçarken mutlaka komşunun camına bir taş atıp kırmayı kendime görev bilirdim. Sonraları, cam kırmak artık beni tatmin etmez oldu, bir adım ötesine geçip komşunun kapısına bırakılmış sütü alıp gitmek, sonra bu sütü sokak köpeklerine vermek ama mutlaka kendi sınırlarımı keşfetmek adına hep bir adım fazlasını denemek, benim ruhumu saran bir heyecan gibiydi.

Çocukluğuma dair en büyük kötülük ise bugün düşündüğümde hâlâ tüylerimi diken diken ediyor. Bunu hatırlamak bile istemiyorum. Bu olayla ilgili beni rahatsız eden bir şey var ve bunu ne zaman hatırlasam garip bir duyguya kapılıyorum. Derinine indiğimde bu duygu kesinlikle utanç değil, hatta içinde garip bir zevk de barındırıyor ve sanırım bu zevk, yıllar sonra aklıma geldiği anlarda hala bundan zevk duyuyor olmam beni rahatsız ediyor.

Ruhumdaki zorbanın varlığı, adeta tam karşımda gözlerimin içine deliler gibi bakar halde durması ve beni şeytani bir gülümseme ile selamlaması beni rahatsız ediyor. Ruhumda olduğunu biliyorum ve ruhumu onunla paylaşmak istemiyorum. İnsan ruhundaki dualiteyi bilmeme rağmen benim de bu oyunun bir parçası olmam beni dehşete düşürüyor.

Hangisi galip gelecek?

Ruhumdaki iyilik mi yoksa sonsuz kötülük mü?

Ben küçükken, dokuz yaşlarındayken, mahallede hiç anlaşamadığım ve sürekli kavga ettiğim bir çocuk vardı. Yavuz isimli bu çocuk, nedense, sebebini asla anlayamadığım bir şekilde kafayı bana takmıştı. Benimle kavga etmek için adeta bir sebep arıyordu. Ailelerimiz tanışmıyordu çünkü sanırım onların maddi durumları aynı ortamlarda karşılaşmamız için yeterli değildi. Onun babası dükkân işletiyordu, ya da ona benzer bir şeyler...

Yavuz'un zayıf noktası ablasıydı, ona zarar vermek istediğim için yakından gözlemliyordum ve ablasına olan sevgisini fark etmiştim. Ablası, günümüz gençlerinin tabiriyle, yollu bir kızdı. Her hafta gömlek değiştirir gibi sevgili değiştiriyor ve lüks yaşayan erkeklerle geziyordu. Çocuk aklımla dahi olsa ablasının hayatıyla ilgili yaptığı tercihi anlamıştım. Böyle yaşamak istiyordu, gözü yükseklerdeydi, en azından hayatıyla ilgili verdiği karar açık ve netti. Kararının net olduğunu gösteren nokta ise, yaşadığımız muhitte hemen herkes birbirini tanır ve yoğun dedikodu döner iken, ablasının bütün bunları hiç umursamayan ve aynen devam eden yaşam tarzıydı. Bizler o zaman dokuz - on yaşlarındaydık ve ablası da sanırım on sekiz yaşlarında olmalıydı. Hayatının en taze, en arzulu ve en çocuk dönemlerini yaşıyordu. Yavuz ve ben ise çocuk bile değildik; ufaklıklardık.

Bir akşam Yavuz ile dehşet bir kavga ettik, sokakta birbirimize girdik, akşam ezanı öncesiydi ve Haziran akşamına karanlık henüz çökmemişti. Alacakaranlık saatlerinde ikimiz de yumruk yumruğa kavga ediyorduk ve bu olayın üzerine ne kadar düşünsem de kavga sebebini anımsayamıyorum. Belki de önemli bir şey değildi, o bana bakıp küfretmişti, bunu sık sık yapardı ve her defasında ben ona saldırırdım. Ailem onunla ve *bizimle aynı düzeyde olmayan* diğer çocuklarla görüşmemi istemiyordu ancak ben bu çocuklara, benim onlardan daha üstün olduğumu kanıtlamaya çalışıyordum. Yani hedefim tam olarak bu çocuklardı. Asla şaşmaz bir şekilde onlarla ve en başta da beni sürekli manipüle eden Yavuz ile kavga etmekten zevk alıyordum.

O akşam birkaç dakika yerlerde sürüklenerek kavga ettik, bir an benim yumruklarım karşısında çaresiz kalmış ve tırnaklarını yanaklarıma geçirmişti, şerefsizin tekiydi... Ben ayağa kalkıp suratını tekmelemeye başladım, çocuk ruhumda ne kadar büyük ve sınırsız bir öfke vardı ve bunun tam olarak sebebi neydi?

Düşünüyorum da mutlu ve varlıklı bir ailede yaşıyordum, daha dokuz yaşındayken bir çocuğun yüzünü deliler gibi tekmeleyecek kadar öfkeyi nerede biriktirmiş olabilirdim?

İnsan ruhunu keşfetmek, sonsuz bir yolculuktur...

Yavuz yerde yatarken tekmelerimden pek memnun olmadı ve hırsla ağmaya başladı; çünkü onu yerde kaldırımla duvarın arasına sıkıştırmıştım ve tüm gücümle suratına vuruyordum. Zaferimden emin bir şekilde ona şiddetimi kusarken, yerde nerden bulduysa bir taş alıp diz kapağıma geçirdi. Sinsi bir hamleydi, kabul ediyorum ama aynı zamanda başarılı bir hamleydi. Daha dün akşam şirkette yaptığım toplantının detaylarını hatırlamayan ben, bu satırları yazarken çocukluğuma ait bu sahnedeki tüm detayları nasıl bu kadar net ve detaylı hatırlayabiliyorum?

Psikolojide tüm yolların çocukluğa çıkmasına şaşırmamalı!

Diz kapağımdaki acıyla yere yığıldım ve rolleri değiştik, fakat o nedense yüzüme değil karnıma tekme atıyordu, özellikle hayalarıma vurmaya çalıştı ama başaramadı, ilk korumaya çalıştığım yer orasıydı çünkü klasik erkek psikolojisi önce hayalarını korumaya çalışır.

Bir anda sesler duyduk, sokaktan birileri bağırdı ve Yavuz kaçıp gitti. Kaçarken hâlâ ağır küfürler ediyordu, hırsını alamamıştı ama dışarıdan bakıldığında dövüş bittiğinde yerde yatan ben olduğuma göre kavgayı o kazanmıştı. Bunun farkına vardığımda soğuk terler döktüğümü anımsıyorum. Görüntüde bile olsa kaybetmek hoşuma gitmemişti.

Hırslandım. Kafamdan deli planlar geçiyordu, hayatta her anın bir rövanşı vardır, hele ki kavgaların rövanşı mutlaka olmalıdır. Zayıf noktası ablasıydı. Biliyordum.

Fırsatı ararken, birkaç hafta sonra fırsat gelip beni buldu. Bir akşam sokaktan eve dönerken, ara sokakta hafif karanlık bir köşede iki karaltının tartıştığını gördüm. Sesleri boğuk geliyordu, bir köşeye saklanıp onları bir süre izledim, sonra aniden ara sokağın girişine park edilmiş lüks Mercedes'i fark ettim, bu araba geçen haftalarda Yavuz'un ablası Hümeyra'yı evine bırakan adamın arabası olmalıydı. Emin olmak için ara sokakta, duvar kenarında iki karaltının tartışmasını izlemeye başladım. Birkaç dakika sonra gölgelerden bir tanesi diğerini duvara dayadı ve sert davranmaya başladı. O an duyduğum bağırıştan Hümeyra'nın sesini hemen tanıdım, fakat adam onun ağzını eliyle kapattı ve belinden çıkardığı parlayan cismi onun karnına birkaç defa sapladı. Hümeyra yere yığılırken şok olmuştum, adamın sokağın başına doğru hızlı adımlarla geldiğini gördüğümde hemen geriye doğru birkaç adım attım, onun görüş açısından çıktığımda ise ters istikamette koşmaya başladım. Beni gördüğünden emin değildim, görse bile beni kovalamasını beklemiyordum. Bana kalırsa tek düşüncesi arabasına binip kaçmaktı. Öyle de yaptı. Ben kaçarken arkamdan güçlü bir gaz sesi duydum, uzaklaşıp bir bilinmeze doğru yol aldı.

Ben bu olayın olduğu akşama kadar, çocuk ruhumla kendimi keşfetmek için komşuların camlarını kırarken ya da kapılarında bırakılmış sütleri çalarken aslında hiçbir yol almamış olduğumu, ruhumdaki kötülük konusunda hiçbir gerçek fikrim olmadığını anladım. Kendimle yüzleşmek beni sarstı, kendim bile gördüğüm manzaraya şaşırdım.

Ben kaçarken arkamdan katilin arabasıyla uzaklaştığını duymama rağmen bir süre daha koştum, ara sokaklarda gözden kayboldum, içimde garip bir coşku vardı. Gülümsemeye utanıyordum, çekiniyordum ama nedense mutluydum. Eve gittiğimde ilk olarak banyoya koştum ve ne yaptım dersiniz?

Aynaya baktım...

Aynada gördüğüm bakışlar, hayatımın ondan sonraki döneminde sık sık göz göze geleceğim farklı bir ruha aitti. Bana kendini ilk defa gösteriyordu.

Bunları yazarken bir kez daha dehşeti hissediyorum; çünkü o anın benim için hayatımdaki büyük bir makas değişimi olduğunu itiraf etmeliyim. Bir benzetme yaparak anlatmak istiyorum: Ruh çağırma seansı yaparsınız fakat gelmez. Hiçbir yaşam belirtisi göstermez ve siz yanınızdaki sefil varlıklarla beraber o ölmüş ruhun gelip kapınızı çalmasını beklersiniz. Bir şekilde varlığını bulunduğunuz odada hissettirse sanki büyük bir başarıya ulaşacakmış gibi saçma sapan bir duyguya kapılırsınız. Siz yaşıyor olmanıza rağmen, varlığınızı onaylamak için ölmüş bir ruhu çağırmanız sizce normal midir?

İşte bu örnekten yola çıkacak olursak, ben de kendi ruhumdaki kötülüğü çağırmıştım ve gelmişti. Kızı bıçaklayan ben değildim ama öldüren bendim. Bunu yıllarca düşündüm ve bundan eminim.

Hümeyra'yı ben öldürdüm.

Olayı gördüğüm anda haber verebileceğim bir sürü insan vardı, hemen yakınlarda birkaç tane özel hastane vardı, ambulansın gelmesi an meselesiydi. Onu kurtarmaları işten bile değildi. Bunu bilmenin ötesinde hissediyorum; neredeyse tüm ruhumla bundan eminim.

Bu olayda, daha çocuk yaşımda, belki de anlamamam gereken bir detayı fark ettim. Bir insana zarar vermek için parmağımı bile kıpırdatmaya gerek olmadan, ona zarar verebiliyordum. Hayatta öyle anlar ve koşullar vardı ki, bir fırsatı size sunuyordu ve kötülük yapmadan hatta kimseye zarar vermeden yine de kötü olmanız mümkündü. Bunu anlamak beni şaşırttı. Belki de buna hazır değildim ama hayatta her şey bir deneyim değil mi?

Ben sadece kendimi keşfediyordum, ben zaten kötü bir ruha sahiptim çünkü normal şartlar altında bir çocuk, mahallede nefret ettiği çocuk bile olsa, onun ablasını kurtarmaya çalışır, içindeki iyiliğe teslim eder tüm birikmiş nefretini. *Ya da iyiliğe teslim olur...*

Ben onlardan biri değildim, teslim olacağım bir iyilik yoktu, hayatımda iyi bir insan olduğumu hissettiğim ve yazımın başında belirttiğim gibi kötülüğümün sınırlarını algıladığım, kendime bir dur dediğim sayısız anlar oldu. Hatta bunlar kimi zaman hoşuma gitti çünkü korktuğum endişelendiğim kadar kötü birisi olmadığımı anladım. Bunu anlamak bana rahat bir nefes aldırdı. Bilim adamlarının ruhumu incelemelerini gerektirecek kadar kötülük yoktu bende, evet vardı biraz bir şeyler ama sonsuz, uçsuz bucaksız değildi. Bu da benim için iyi bir haberdi.

İçimdeki iyiliği gördüğüm anlarda, hâlâ insan olmanın dayanılmaz hafifliği beni rahatlattı ve yaşamaya devam ettim.

Bu hayatta herkes biraz heyecan ve eğlence arıyor. İyilikte pek bir heyecan yok, tüm adrenalin kötülük olarak adlandırılan davranışlarda gizli, işte bunun için, böyle kötü anlardan kurtulmak için bazı insanlar arada bir iyilik yaparlar, o kadar da kötü olmadıklarını kendilerine kanıtlamak için; hâlâ insan olduklarını kendilerine hatırlatmak için...

O akşam, cinayetin gerçekleştiği akşamdan bahsediyorum, evde garip bir ruh hâlim vardı, öyle ki annem bir ara bana "Sen iyi misin?" diye sorma ihtiyacını hissetti. Genelde iyi olup olmadığım konusunda merak içerisine girdiğini pek görmemiştim, bakışlarımdan ya da farkında olmadan yaptığım bazı mimiklerden olacak, içinde bulunduğum ruh hâli onun da ilgisini çekmiş olmalıydı. Ortada garip bir durum olduğunun farkındaydı. Benim normal hâlimi biliyordu ve ben o gece kesinlikle normal bir durumda değildim. Hümeyra'yı kimsenin bulmasını istemiyordum, o karanlık sokakta geberip gitmesi o gece evrende olabilecek en iyi şeydi. Ben kendimi buna ikna etmiştim. Yavuz'u düşünüyordum, beni tekmelerken aldığı zevki basıp giderken ettiği küfürleri hecelemesinden bile hissetmek mümkündü, sefil varlık bana kafayı takmıştı, oysa o gün akşam saatlerinde tüm hayatını tepetaklak edecek bir haberle sarsılmak üzereydi.

Yavuz'dan neden bu kadar nefret ettiğimi düşündüm birkaç saniye ama cevabını bulamadım. Tek sebep aramızdaki şiddetli kavgalar olamazdı. Sanırım asıl cevap şuydu: Daha çocuk olmamıza rağmen bizim şeytanlarımız, yani ruhumuzda küçük yaşlarda kendini göstermeye başlayan kötülüğün ayak izleri, daha o zamanlardan yarış hâlindeydi.

Bu yarış tam olarak hangi olayda başlamıştı bilmiyorum ama benim ruhumda nefret kesikleri açmaya başlamıştı çünkü o zamanlar hala çocuk olsam da ablasının ölmesini isteyecek kadar ileri gidiyordum. Kendimdeki farklı bir yüzü keşfetmeye başlamıştım, o zaman ciddi bir keşifle karşı karşıya olduğumun elbette farkında değildim çünkü daha "*kendim*" olamamıştım, ben denen kavramı oturtmam için uzun yıllara ve sayısız deneyime ihtiyacım vardı, çok sonraları yaşadıkça ve gördükçe anlayacaktım ki tüm yaşam yolculuğu zaten bu "*kendindeki farklı hâlleri keşfetme*" macerasından başka bir şey değildi...

Her zaman şunu düşünmüşümdür: insanlar arasındaki barışı ve dengeyi sağlayan unsur çekincedir. Evet, dünyadaki dengeyi sağlayan, eğer böyle bir denge var ise, *çekince*dir.

Bir başkasına kötülük yapmazsın çünkü çekinirsin; onun da sana ağır bir karşılık vermesinden çekinir ve vazgeçersin. Yapacağın kötülüğe misliyle karşılık verilmesi ihtimali seni korkutur. Kimi zaman ise çekinmene neden olan inançlardır; ancak arkasında yine korkular yatar, örneğin cehennemde yanma korkusu... Bir insanı, saf ve temiz bir insanı, hiçbir korkusu ve çekincesi olmadan gerçekten ve tamamen kalbinden geldiği için iyilik yaparken görürsem, dünyada iyilik denen kavramın gerçek olduğuna inanabilirim. Bu yaşıma kadar hiç şahit olmadım ve belki de bu sebepten, en başta da kendi içimde kaynayan kötülüğe hiç beklemediğim anlarda ve defalarca şahit olduğum için, insanlara olan inancımı yıllar önce yitirdim. Bana kalırsa bir insan kendine inancını yitirdiği anda, tüm insanlığa olan inancını da hızla kaybetmeye başlar; ben bu süreci en keskin hayat tecrübeleriyle yaşadım.

Peki çekince denen kavramın sebebi nedir?

Bir kavgada kimin şeytanı galip gelecek işte bu belirsizdir, bunu tam olarak kestiremediği için birçok insan kavgadan ve gerginlikten uzak durur. Şu nokta çok önemlidir; uygarlık yolunda gittiği için değil, karşıdaki insanın ruhunda sakladığı şeytan kavgadan galip çıkarsa zor durumda kalacağı için, barışı ve huzuru aradığını iddia eder. Ben size insan ruhundaki gerçekleri yazıyorum.

Unutmayınız; dürüstlük ilkesi...

Ben bu satırları yazarken sizleri olaylara hazırlıyorum, kimi zaman yan rollerde kimi zaman ise başrolde yer aldığım olayları size aktarmadan önce sahneyi kuruyorum; çünkü yazmaya başlarken tek bir çekincem vardı: Okur tarafından insafsızca yargılanmak. Beni *olduğum şey hâline getiren* süreçler nelerdi, işte bunları sizlerle paylaşıyorum. Hayat, insanı hayalini bile kurmadığı birine dönüştürebilir fakat sanırım ben daha çocukluk yıllarımda zihnimden kimi zaman beni bile rahatsız eden düşünceler geçirmeye başlamıştım.

Sebebi neydi?

İlk aklıma gelen ihtimali sizlerle paylaşmak isterim; annemin duyarsızlığı olabilir. Evet iyi bir insandı, kimseye kötülük yaptığını görmedim ama bana karşı en ufak bir sevgisini ya da güzel davranışını hatırlamıyorum. İşin garip tarafı kötü de davranmazdı, yani onu "sorumsuz bir anne" olarak konumlayabilmem için bana yeterince malzeme vermedi, eğer bunu yapsaydı işim çok kolay olabilirdi, zira "annem bana sevgi vermedi ve ben duyarsız bir insan oldum" diyerek hayatımdaki tüm kötülükleri onun omuzlarına yükleyebilirdim ancak durum bu kadar basit değildi ve hele ki o yaşlarda son derece karmaşık bir hâl almaya başlamıştı. Annem kendimi bildim bileli bana mesafeli ve sevgisiz yaklaşırdı, sanki sevgi göstermekten hoşlanmazmış gibi bir hâli vardı ve arkadaşlarımın anneleri onlara sevgi gösterdiğinde bu durumdan nefret ederdim.

Yavuz'un annesinin onu mahallede yanına çağırıp sevdiğini çok iyi hatırlıyorum; belki ablası yolluydu ama annesi düzgün bir kadındı, ya da bana öyle görünüyordu. Çocuk hâlimle onları gözlemliyor ve aile yapılarının bizden farkını anlamaya çalışıyordum. Yoksul insanlardı, yani bizim durumumuz onlara göre çok daha lüks bir yaşamı sağlıyordu ancak benim ailemde eksik olan şey sanırım iletişimdi. Yavuz'un ablası vardı, onunla iletişim kurabiliyordu, ama ben yalnız büyüdüm, kardeşim yoktu ve ailemin bu konuda hiçbir planı yoktu. Genelde tek çocuklar şımartılır derler ama bende iletişimsiz bir şımarıklık durumu vardı; ihtiyaçlarım daha ben sormadan karşılanıyordu, şaka gibiydi, her şey, yani istediğim her şey anında yerine getiriliyordu ve ben ne çocukluğumda ne gençliğimde hiçbir şeyin eksikliğini hissetmedim. Yani maddi olarak. Manevi anlamda bunu söyleyemem çünkü duygusal ihtiyaçlarım ailemin umurunda bile değildi. Benim böyle ihtiyaçlarım olabileceğini asla düşünmediler.

Erkek olarak güçlü ve mutlu olmalıydım; güçlü olmalıydım çünkü erkektim, mutlu olmalıydım çünkü istediğim ya da istemediğim her şeye sahiptim. Dahası ne olabilirdi?

Kıyas yapmaya küçük yaşta başladım, mahallenin en zengini olmak beni tatmin etmemeye başladı ve belki de bu sebeple küçük gördüğüm Yavuz ile atışmaya başladım, o piç kurusu benden daha mutlu görünüyordu. Bu nasıl olabilirdi? Ben ondan daha fazla şeye sahiptim ama o benden daha çok mutluluğa sahipti. Nasıl çalışıyordu bu dünya? Satın alınamayacak ne kadar duygu varsa hepsini cebinde taşıyordu mahallede gezerken, işte bu beni rahatsız ediyordu.

Ablası, ailesi, hepsi bu gizemli mutluluğun birer parçasıydı. Benim gibi zengin aileden gelen diğer çocuklar da aynı benim gibi garip bir mutsuzluk ya da şöyle diyelim; tatminsizlik içindeydiler. Yetmiyordu, küçük yaşta sahip olduklarımız bize yetmiyordu. Daha fazlasına sahip olmak diye bir kavramı çok küçük yaşlarda fark etmiştik, çevremdeki diğer züppeler de benim gibi tatminsiz ve kibirli olunca ben de onlardan cesaret alıyordum. Onların zihninden aynı derece kötülükler geçiyor muydu, bu konuda hiçbir fikrim yok çünkü henüz *suç ortaklığı* kavramını bilecek yaşta değildik. Bunu birkaç sene sonra öğrenecektim...

Dokuz on yaşlarında kötülük sınırlarınız ufak şeyleri kapsıyor ama büyüdüğünüz zaman, daha fazlasını keşfediyorsunuz, bir erkek için ilk sırada kadınlar geliyor. Onlarla yapabileceklerinizin sınırları yok, üstelik sadece biraz ilgi göstererek bir kadını kendine bağlayabilirsin ve duygusal olarak sana bağlanan bir kadının yapamayacağı hiçbir şey yoktur.

Ben ufak tefek yaramazlıkların ötesinde, kadınları ve onlarla yaşayabileceğim maceraları keşfettiğimde, sanırım Colomb'un Amerika'yı keşfettiği andan daha büyük bir dehşete kapılmıştım çünkü bir başkasının iradesini kendine bağlamak bence dünya üzerindeki en şeytani ve kötülük barındıran eylemdir. Bir başkasının umutlarını, duygularını ve tüm yaşamsal iradesini bütünüyle kendi iradene bağlamak...

Dehşet ve bir o kadar sınırsız bir alan...

İnsana benzersiz bir *vertigo* yaşatıyor...

En büyük zevkim, en çok para harcadığım ve kendimi yaşıyor hissettiğim alan kadınlar demiştim. Elbette arabalar, seyahatler ve buna benzer başka zevklerim de var ancak beni, bir kadının ruhunu ve ardından bedenini ele geçirmek kadar tahrik eden hiçbir şey yok.

Bana hiç yüz vermeyen bir kadını zaman ve emek vererek benimle birlikte olmaya ikna etmek, işte bu benim ruhumu kelimenin tam anlamıyla ateşe veriyor.

Bu hayatta herkesin tahrik olduğu zevkler farklıdır, zaman içerisinde bu konuda çok çeşitlilik olduğunu anladım. Bunu anladığımda kendi zevklerim üzerine düşünmeye başladım, bunları anlamak zorundaydım çünkü kendimi anlamak için nelerden zevk aldığımı bilmeliydim.

Sadece bunu yaptığımda "ben ne istiyorum" sorusuna kesin bir yanıt verebilirdim; çünkü ne istediğimi belirleyecek olan nelerden zevk aldığımdı, dürtülerim beni hayatın akışına doğru sürüklüyordu. Bugün geçmişe dönüp baktığımda, kendimi tatmin edebilmek adına hiçbir anlamı olmayan sayısız olaya karıştığımı görüyorum. Şansımı denedim, tek bir saniye için bile olsa gerçekten yaşadığımı hissedebilmek için kapıma gelen hiçbir fırsatı kaçırmadım. Kimi zaman insanlara yok yere iyilikler yaptığım da oldu, amacım kimseye iyilik yapmak falan değildi çünkü kendimi bildim bileli sadece kendini düşünen egoist, narsist bir adam oldum. Karım da her zaman bana narsist olduğumu söylerdi. Bundan gurur duymuyorum ama değiştirmek gibi bir amacım da yok; çünkü ben neysem oyum. Beni böyle yapan süreçler çocukluğumdan başladı, aile yapım gerekli tüm yapı taşlarını oluşturdu ve narsist adamın temeli el birliğiyle atıldı.

Kimi zaman çevremdeki insanlara sebepsiz iyilikler yapmamın sebebi kendimi tek bir an için bile olsa tekrar yaşıyor gibi hissetmekti, yaşadığımı hissetmek için bana adrenalin vereceğini düşündüğüm birçok şey yaptım. İşin garip yanı, iyilik denen kavramın bana hiçbir zaman en ufak bir heyecan vermemesiydi, sanırım tam da bu sebepten iyilik yaptığım insanlar bana sanki uzaylıymışım gibi garip gözlerle baktılar. Neden bunu yaptığıma hiçbir anlam veremediler ve bu durumda anladım ki kalpten yapmadığın iyiliğin inandırıcılığı olmuyor, insanları iyi bir insan olduğuna ikna edemiyorsun. Bu hayatta ya iyi bir insan oluyorsun ya da iyi bir insanmış gibi davranıyorsun, ikisinin ortası olmuyor, hayatımda her fırsatta karanlık dehlizlerine sığındığım o gri alan iyilik kavramının içinde yer almıyor.

Daha da garip olan şuydu: bisiklete binmek gibi küçük yaşta iyilik yapmayı öğreniyorsun, mesela annen baban iyilik yapan insanlar oluyor sen de onlara bakıp kendine model alıyorsun ya da benim durumumda olduğu gibi kimseyi model alamıyorsun. Ailemin kimseye kötülük yaptığını görmedim, gözümün önünde adam öldürmediler ya da bir suça karışmadılar ancak hiç kötülük yapmamış olmaları onları iyi insan yapar mı?

İşte bundan emin değilim...

Yazdıkça anlıyorum ki benim ruhumu boşaltmaya ihtiyacım var...

Bedenim artık ruhumun ağırlığı altında ezilmeye başladı, ne kadar boşalsa da bir işe yaramıyor. Zevksiz düşlerde geziniyor gibiyim, ne sevişmenin ne de aşkın (eğer öyle bir şey mümkünse) benim hayatımda bir anlamı kalmadı. Ben hayatımda bazı şeylerin, beni bugüne kadar hayatta tutan şeylerin yeniden anlam kazanmasını istiyorum; *umuyorum...*

İşte bu sebeple, ruhuma yeniden nefes aldırabilmek için yazmaya başladım. İşin garip yanı, bu maceranın nereye varacağını bir an olsun düşünmedim, ya da bana ne gibi sonuçlar getireceğini, asla düşünmedim. Tek yaptığım yazmak oldu, ya da şöyle diyelim; kendimi yazarken buldum.

Bu satırların sonunda *kendimi yaşarken bulmak* istiyorum.

En büyük terapi yazmaktır diye okumuştum bir yerlerde. Bu anekdotun yıllar öncesinden aklımda kalmış olması enteresan bir durum çünkü beynimi kirleten ve işgal eden o kadar anlamsız bilginin yanında birdenbire pırlanta bulmuş gibi hissettim ve üniversite yıllarımdan sonra ilk defa, ders çalışır gibi, başıma gelen olayları kâğıda dökmenin iyi bir fikir olduğuna karar verdim.

Daha detaylı konulara girmeden önce size bazı bilgileri aktarmam gerekiyor:

Ben on iki senedir evliyim. Hâlâ evli olduğumu düşünüyorum ya da düşünmek istiyorum...

Kırk iki yaşındayım. Fiziksel özelliklerim neler? Biraz düşüneyim; çünkü bazen yaşlandığımı hissediyorum, gerçi kadınların yoğun olduğu bir ortamdan geçtiğimde başlarını çevirip bana bakıyorlar ama bunun en büyük sebebinin sportif vücut hatlarım olduğunu düşünüyorum. Bu konuda muazzam derecede titiz birisiyim, klasik bir terazi erkeğiyim, giyimine kuşamına ve fiziksel durumuna maksimum özen gösteren bir erkek türü olduğumuz söylenir. Uzun boylu erkekler kiloları yerinde olduğunda ve göbek olmadığında kadınların dikkatini fazlasıyla çekerler, ben de bu durumun meyvelerini her zaman yedim.

Boyum bir seksenin birkaç santim üzerinde, hiç tam olarak ölçmedim çünkü bana göre yeterince uzundum, ayrıca şu hayatta birkaç santimin lafı mı olur, daha kırklarımda olmama rağmen kır saçlıyım ve bazen gözlük taktığım için beni ciddi anlamda Richard Gere'e benzetirler.

İşim ve sosyal hayatım nedeniyle çevrem geniştir, çevremdeki adamların ortak özelliği hepsinin de oldukça varlıklı olmalarıdır. İşime yaramayan bir insanı asla yanıma yaklaştırmam, kimseyle insancıl ilişkiler kurmak gibi bir derdim yoktur; açıkçası hümanizm benim umurumda bile değil. Adeta bunu anlarmış gibi, insanlar benim işime yaramak için yanıma yaklaşırlar ve ne şekilde bana faydalı olabilecekleri konusunda beni ikna etmeye çalışırlar.

Çevrem ne kadar geniş olsa da bana en yakın insan uzun yıllar boyunca hiç değişmedi; ismi Selim. Bu adam benim liseden beri en yakın dostumdu, açıkçası onu özetlemek için kullanmam gereken bariz bir sıfat var: Pislik. Hayatında herhangi bir konuda dürüst olduğunu ya da bir insana düzgün davrandığını görmedim, ne kadar güler yüzlü veya efendi tavırlar takınsa da tek amacı aldatmak veya kandırmaktır. Bunu sadece zevk olsun diye yapar. Tarzı budur. Lise yıllarında da böyleydi, her zaman bir pislik olarak yaşamına devam etti ve bundan onur duydu, böyle olmak belki de onun amacıydı ve bence yıllar içerisinde bunu fazlasıyla başardı.

Onunla aramızdaki yakınlığı farklı şekillerde tanımlayabilirim, ama her şeyin başlangıcı şu söze dayanır: "*En büyük ortaklık, suç ortaklığıdır.*"

Selim ile yaptığımız işler, biriktirdiğimiz kirli anılar ve belki insanlığa karşı değil ama kendimize ve başkalarına karşı işlediğimiz suçlar bizi aynı çizgide birleştirdi. Aslında bizi lise yıllarında tanıyanlar aramızda bu kadar uzun süreli bir dostluk olacağını asla tahmin edemezlerdi çünkü o zamanlar aramız pek iyi değildi. Ergen erkekler arasında yaşanan o klasik rekabet duygusu bizi hırslandırmış ve bünyemizi öfkeyle doldurmuştu, pek sohbet etmez ve yan yana gelmezdik. Fakat ne olduysa *o olaydan* sonra oldu ve işlediği büyük bir suç bizi birleştirdi.

Onun işlediği bu suça istemeden de olsa tanık olduğum için yollarımız kesişti ve bu olaydaki sakin tavrım, kimseye asla bilgi vermemek konusundaki ciddiyetim Selim'in ve hatta benim bile kendimle ilgili bir noktayı fark etmemi sağladı, güvenilir biriydim. Böyle olduğumu fark ettiğimde açıkçası ben de şaşırdım çünkü Selim'den hiç hoşlanmıyordum ama nedense bir güç beni tutuyor ve gördüğüm olayla ilgili konuşmamı engelliyordu. Etrafta asla ağzımı açmadım ve daha sonra yakınlaştıkça Selim bu konuda bir şeyler söylememi ya da ona sormamı bekledi ama ben asla, yıllar içerisinde tek bir defa bile, bu konudan bahsetmedim, kendisine bu konuda hiçbir şey sormadım. Onun yaptıklarını soruşturmak bana saçma geliyordu; çünkü bu onun şeytanıyla ilgili bir konuydu ve ben onun yaptıklarıyla gerçekten ilgilenmiyordum. Kendimle o kadar meşguldüm ki bir başkasının ne yapıp ettiğine bakmak bana anlamsız geliyordu. Öte yandan, onun kötü yanlarını onunla dost olmak için kullandım çünkü ikimizde benzer yanlar olduğunu fark etmiştim, onun da olaylara bakış açısı ve düşünce biçimi benimkine oldukça benziyordu. Dost olabilirdik çünkü benziyorduk.

Hayatımda ilk defa kendime açıkça itiraf etmek istediğim bir konu var ki işte bu satırları yazarken tam zamanı olduğunu düşünüyorum; Selim ile dost olmamın bir diğer sebebi, onu kendimden aşağıda görmemdi. Evet yaratıcı biriydi, onunla sıkılmak imkânsızdı ve kadınlar konusunda çok hızlı ayar çekebiliyordu. Hayatıma giren birçok kadını onun yaptığı hızlı operasyonlar sayesinde tanıdım; ancak yine de ne kadar korktuğunu görmüştüm. İçinde her ne kadar kötülük taşıyor olsa da cezalandırılma konusunda korkuyordu. Yaptıklarının maliyetini kaldırabilecek bir adam değildi ve en derinlerde biliyordum ki benim gözümde korkağın tekiydi. Onun böyle olması, onun yanında bana kendimi daha güçlü hissettiriyordu.

Şuna inanıyorum ki insan ilişkileri her zaman bir denge üzerine kuruludur ve genellikle bir taraf daha üstündür. Baskın taraf ilişkiyi yönlendirir ve diğerinin hayatında etkili olur, zayıf taraf kimi zaman baskınmış gibi görünse de aslında kimin kimi domine ettiğini ikisi de içten içe hisseder ve bilirler.

Selim ile uzun yıllara dayanan dostluğumuzda baskın taraf bendim ve bu durum, onun bana bağımlı olması ya da benim onun yanında daha güçlü olmam, bana ihtiyacım olan üstünlük duygusunu veriyordu. O da bunun farkındaydı ve olduğu gibi kabulleniyordu çünkü Selim gibi tipler, yani hayatta bir şeyi elde etmek için her şeyi göze alabilen ve kendini her türlü pozisyona sokabilen tipler, arsız ve utanmaz tavırlarıyla dikkat çekerler. Ona her zaman içimden geldiği gibi kötü ve özensiz davranmama rağmen sosyal çevremden çıkmayı asla düşünmedi ve kendisine biçtiğim rolü sessizce kabul etti. Bunun sebebi, benden hayal bile edemeyeceği kadar faydalanması oldu, iş hayatında benim sosyal çevremi kullanarak çok yükseldi, büyük paralar kazandı, evler, arabalar aldı ve asla doymadı. Daha fazlasını elde edebilmek adına daha aşağılara inmeye, eğilmeye, kendinden taviz vermeye hep hazırdı.

Tam bir görev adamıydı...

Aramızda geçen bazı olaylarda onun bana tepki vermesini ve hatta beni hayatından silmesini bekledim ama sonra şu garip gerçeği fark ettim; insanlar sizi her zaman daha fazla şaşırtabilirler, bunun bir sonu yok. Onlardan beklediğiniz tepkileri vermek konusunda canlılar arasında en çok sürprize açık olan, şüphesiz insandır. Bir insanın sana ne zaman ve nasıl tepki vereceğini asla kestiremezsin.

Selim benim çevremden maddi anlamda faydalandı ancak ona çok zarar verdiğimi de zaman içerisinde fark etti. İlk etapta büyük bir şok yaşadığından eminim fakat sonrasında o da kendini keşfetme sürecine dahil oldu. Bunu yaparken, belki kimi zaman kendinden utandı ama kendi özüne ve doğasına doğru yol almaya başladı.

Dürüstlük ilkesinden bahsetmiştim, size her şeyi tüm çıplaklığıyla anlatacağım. Dediğim gibi, sadece sahneyi oluşturuyorum ve ruhumdaki şeytanın ayak izlerini takip ediyorum...

Olaylara geçmeden önce son olarak bir noktayı daha belirtmem gerekiyor: Ben günah çıkartmaya inanan birisi değilim. İnsanlara çeşitli yollarla zarar verdikten sonra bir takım dini ritüelleri yerine getirip kendimi yeniden iyi bir insan gibi hissetmek bana uymuyor. En azından bu konuda prensiplerim var; eğer bir şey yaptıysam arkasında durmayı ve sonuna kadar savunmayı severim. Sanırım bunun sebebi hayatta en çok midemi bulandıran şeyin zayıflık olmasıdır, insan ruhundaki zayıf ve omurgasız davranışları sevmiyorum. Bugüne dek ne arkasında duramayacağım bir şey yaptım ne de yaptıktan sonra kendimi kandırmak için inançlarıma sarıldım. Sadece yaptım, yaşadım ve hissettim. Başıma kötü olaylar geldiğinde ise bunları yaptıklarıma verilen birer ceza olarak görmedim; çünkü kendime bu kadar değer vermedim, Tanrı'nın tüm dünyada olup biten kötülüklerin yanında benim ufak şeytanlıklarımı cezalandıracak kadar bana önem verdiğini hiç aklımdan geçirmedim. Kendimi ne kadar önemli birisi olarak görsem de gerçek patronun kim olduğunu gayet iyi biliyorum. Günah çıkartıp ağlayarak onun dikkatini çekmeye çalışacak kadar *zayıf* değilim...

Bizler hayatımızın dümeninde olduğumuzu düşünürken en naif tabiriyle kendimizi kandırıyoruz ve hayat bize her tokat attığında tekrar tekrar kendimizi patron olarak görmeye devam ediyoruz. Bu kandırmacadan uyanamıyoruz, işte her şey tam da burada başlıyor.

İnsan önce kendini kandırıyor, sonra da başkalarını...

2

Kız Kulesi'ne yalan söyledim

Ben genelde yalan söylerim, insanları basit veya karmaşık konularda kandırmak için bu yöntemi kullanırım, tıpkı bu satırları yazmadan bir sene kadar önce gece yarısı İstanbul'da boğazda bir mekânda Selim ile baş başa içerken, Kız Kulesi'ne bakıp yalan söylediğim gibi. Üstelik o gece yalan söylemek zorundaydım çünkü hayatımın aniden tepetaklak olmasını kesinlikle istemiyordum, adrenalini ve macerayı sevmeme rağmen hayatımı belli bir denge üzerinde tutma konusunda hâlâ çabaladığım dönemlerdi.

Sizi yaklaşık bir sene öncesine götürürken sağlam bir itiraf ile bu bölüme başlamak istiyorum: Ben o gece Kız Kulesi'ne yalan söyledim. Daha önce iş hayatımda ve özel hayatta karşıma çıkan insanlara milyonca defa sebepli veya sebepsiz yere yalan söylemiştim ve hiçbir yalan bende en ufak bir üzüntü veya pişmanlık yaratmamıştı. Kendimi her durumda iyi ve güçlü hissetmeyi biliyordum, fakat Kız Kulesi'ne bakarak yalan söylemek nedense o gece ruhumda tanımlayamadığım bir şeylerin değişmesine neden oldu. Bu nasıl oldu açıkçası ben de bilemiyorum, sonuçta ne fark ederdi ki? Bir insana ya da tarihî bir yapıya bakarak yalan söylemek arasında ne fark olabilirdi? Benim dünyamda bir fark olmalıydı aksi halde kendimi ilk defa bu kadar anlamsız ve boş hissetmezdim.

Söylediğim yalanın bir başkasının hayatını berbat etmesi umurumda değildi, hatta bundan tarifsiz bir zevk aldığımı biliyordum, hiçbir şey olmamış gibi hayatıma devam etmek ise en büyük zevkimdi. Kötü olmanın inceliklerini keyifle yaşıyordum.

En yakın dostum Selim demiştim, benim gibi bir adamın en yakın dostu olmak demek, vereceği zararların da en yakınında olmak demekti. Selim bunu zaten biliyordu ve bilerek yanımda yer almıştı, oyunun kurallarını gayet iyi biliyordu: "Eğer cebinizde akrep taşıyorsanız günün birinde sizi ısırması da normaldir..."

İnsanlardan şunu duyduğumda hep şaşırmışımdır: "En yakın dostlarımdan kazık yemekten sıkıldım," derler, ne kadar garip bir söylem; zira size uzak olan ve yakın çevrenize giremeyen bir insan size nasıl kazık atabilir ki?

Bilakis en yakınınızda olanlar ve özellikle de haset içinde sizin mutluluğunuzu kıskananlar size zarar vermek ve düştüğünüzü görmek için fırsat kollarlar. Onlar hep o günün hayalini kurarlar, sizin de artık onlar gibi kendi sefilliğiniz içinde debelendiğiniz ve onlarla aynı seviyeye geldiğiniz günün hayalini kurarak davetlerinize katılırlar, size en yakın dost olma görevini fırsat kollayarak yerine getirmeye devam ederler.

Ben de yıllardır yakınımda olmasına rağmen içten içe benden nefret ettiğini bildiğim ve çeşitli olaylarda açıkça nefretini hissettiğim Selim'i hep yakınımda tutmuşumdur. Bir gün düşeceğimi umuyordu ve bunun için yaşıyordu; buna rağmen kimi olaylarda dostluğunun inandırıcı olması için ve aynı zamanda benden birçok anlamda faydalandığı için bana yardım ediyor görüntüsü vermekten keyif alırdı. Yıllar içinde onu yakından gözlemleyerek ruh hâlini ve davranış biçimini tamamen çözmüştüm.

Varlıklı insanların dünyasında bu anlattıklarım gayet sıradan ve doğal olaylardır; ne kadar yukarı çıkarsanız o kadar yalnız yaşarsınız. Görüntüde çevreniz kalabalık olabilir ve her gece bir yerlerde görünürsünüz ancak gerçekte sizi hem kullanmak hem de çelme takmak isteyen insanlar dışında çevrenizde kimse yoktur.

Öte yandan ben de Selim'i kullanıyordum; örneğin iş yemeği için yurt dışından misafirlerim olduğunda her zaman Selim'i çağırırdım, insanları eğlendirmek için ondan daha ideal bir adam yoktu, her türlü maymunluğu yapar ve masada saatlerce muhabbetin dönmesini sağlardı. Fakat o akşam işle ilgili kimse yoktu, sadece ikimiz vardık ve o günlerde karısıyla arası pek iyi değildi.

Selim karısını severek evlenmişti ve karısı Pelin liseden ortak arkadaşımızdı. Normal şartlar altında aklı başında hiçbir kadın Selim gibi kaypak ve omurgasız bir adamla evlenmezdi ancak Pelin ona evlenme teklif edecek kadar pervasız bir kadındı. Bu durumda gerçeği söylemek gerekirse Selim, Pelin ile evlenmemişti; Pelin, Selim'i evliliğe ikna etmişti. Selim'in aklında on sene öncesinde evlilik falan olmadığını o dönemlerde yakın olduğumuz için gayet iyi biliyordum, bilakis aklında sadece sırtlanlık, zamparalık ve haytalık vardı. Nasıl olduysa Pelin onu apar topar nikâh masasına oturttu ve aldıkları bu ani karar beni bile şaşırttı çünkü Selim beni nikâh şahidi yapmak istediğini söylediğinde ben Pelin ile yatıp kalkan biriydim. Evlenmeyi düşündüğü kadın haftanın en az bir gecesi benim yatağımdaydı. Yatak maceralarımı bırakın en yakın dostumdan, kendimden bile gizlediğim ve gizlilik hususuna deliler gibi önem verdiğim için Selim kiminle yattığım konusunda en ufak bir bilgiye sahip değildi.

Bazen yattığım tek gecelik bir fahişeyi ona anlatırdım, sadece bir şeyler üzerine konuşmak için; ancak sık görüştüğüm kadınlar konusunda çenemi kapalı tutuyordum. Selim'in Pelin ile evlendiği döneme yani yaklaşık on bir yıl öncesine gittiğimizde ise, aynı anda idare ettiğim dört kadın olduğundan eminim. Daha fazlası da vardı ancak onlar tek gecelik ilişkiler olarak hayatıma daha girmeden çıkıyorlardı. Bir odaya ön kapıdan girip hiç oturmadan arka kapıdan çıkmak gibi bir şeydi. Hayatımda birkaç saatliğine var oluyorlardı ve ben bunu onlara verilmiş bir ödül gibi görüyordum. Onlara hayatıma birkaç saatlik giriş izni vermiştim, daha ne isteyebilirlerdi ki?

Evlendikleri dönemde sürekli birlikte olduğum dört kadın vardı, yaptığım çizelgeye göre haftanın belli gecelerinde her biriyle buluşuyor, kimi zaman sadece yemek yiyordum. Bir kadınla şık bir restoranda yemek için buluşmak ve masada o kadının kokusunu hissetmek bana zevk veriyordu. İş hayatımda yoğun geçen günlerin gecesinde seks yapmayı istemezdim; çünkü cinsellik benim için sadece bir keyif meselesiydi. Tüm bedenim ve ruhumla keyif almadıktan sonra seksin anlamı nedir? Bana göre hiç. Sıfır. Mastürbasyondan hiçbir farkı yoktu ve ben en son mastürbasyon yaptığımda sanırım on dört yaşımdaydım. Sonrasında seks hayatım başladı ve kendini tatmin etme maceram sona erdi.

Ne diyordum?

Evet hatırladım, fakat önce kısaca şunu belirtmeliyim; yazarken biraz detaylı anlatıyorsam lütfen bana kızmayın dediğim gibi ilk defa kirli ruhumu başka insanlara açıyorum. Belki temizlenirim ya da ruhen rahatlarım, kendi ölçülerimde bir huzura kavuşurum...

Diyordum ki ben yorgun veya keyifsiz olduğumda hiç seks yapmadım, iş olsun diye hiçbir kadını yatağa atmadım, kendimi iyi hissetmediğim durumlarda yemeğe çıkardığım kadını evine bırakıp şöyle derdim: "Geceme keyif kattığın için teşekkür ederim hayatım..."

"Hayatım" hitabını genelde severler; altında biraz sahiplenme ve biraz beğeni vardır, ideal olduğu için kadınlara bu hitabı kullanırım. Kadın onu eve atmak için çaba sarf etmediğimi ve sadece hayattan keyif almaya çalışan bir adam olduğumu gördüğünde bu tarza bayılır ve aynı zamanda meraklanır. İşin içine bir miktar gizem katmış olursunuz. Cinsellik gerçekleşmediğinde şu soru akıllara gelir: "Peki ne zaman yaşanacak?"

Kadınlarla geçirdiğim yıllar içerisinde anladım ki bütün mesele buradadır; kadını yatağa atmaya çalışmamak. Bunun tam tersi daha önemlidir; kadının cinselliği kafasında planlaması ve artık zamanı geldiğine dair sinyaller vermeye başlaması. Yani böyle davranan bir erkek süreci uzatır gibi görünen fakat tam tersine süreci hızlandıran bir erkektir. Her şey zekâ meselesi. Kimi durumlarda ben süreci uzatıp yataktan uzak durdukça beni yatağa atan kadınlar oldu. "Bu gece çok yorgunum hadi seni evine bırakayım hayatım," dediğimde "Gecenin devamında ne yapacaksın?" ya da "Şaka yapıyor olmalısın," gibi cevaplar veren kadınlar gördüm. Samimi olarak yorgun olduğumu söylediğimde dahi bana inanmayan ya da onun bazı hareketlerine bozulmuş olduğumu düşünen kadınlar beni her zaman güldürmüştür. Bu tip kadınlar, kendilerini tanıdıktan sonra en kısa sürede ve en hızlı şekilde yatağa atmaya çalışan "ilkel sırtlanlara" o kadar alışmışlardır ki "tarzı olan bir sırtlan" onlara garip görünür.

Evet, bir sırtlan olduğumu kabul ediyorum ancak o iğrenç,

kalitesiz adamlardan yani nefes alan her kadına yürüyen ilkel sırtlanlardan biri değilim, hayatta her zaman tarza ve kaliteye önem verdim. Onlarla kıyaslanmak benim için en büyük hakarettir.

Hayatıma ön kapıdan girip birkaç saat sonra arka kapıdan çıkan kadınların hesabını hiç tutmadım, bazı erkekler salak gibi sayarlar, laf arasında gerçek dışı rakamları ortaya atarlar örneğin "Beş yüz kadınla yattım," ya da "Yakında Binler Kulübü'ne giriyorum," gibi başarı ölçütlerini masaya koyarak kadınlar konusunda onları ciddiye almanızı isterler.

Bir erkek diğerlerine nasıl hava atabilir? İki yolu vardır, para ya da kadınlar. Başka yolu yoktur. Dolayısıyla ya kadınlar konusunda çok başarılı olacaktır ya da para konusunda eli güçlü olmalıdır. İtiraf etmeliyim ki; bu ikisinden de bahsetmeden sadece karakteriyle öne çıkan erkeklerin dünyanın neresinde yaşadıklarına dair bir bilgiye sahip değilim.

Pelin, Selim ile evlilik masasına oturduğu günlerde benimle ateşli seks âlemlerine devam ediyordu. Şunu belirtmek gerekir ki kadının bir tarzı vardı. Bana kalırsa bir kadın yatakta nelerden zevk aldığını bilmelidir, kendi zevklerini henüz keşfetmemiş bir kadını nasıl tatmin edeceksin? Ona yatakta ne yaparsan yap tam olarak tatmin olup olmadığından emin olamazsın. Denemeler yaparsın, onu tatmin etmeye çalışırsın ancak bu arada kadın da kendini keşfetmeye açık olmalıdır. Pelin bu konuda muazzam derecede açık bir kadındı, sürekli yeni şeyler denemek istiyordu ve özellikle spontane seks konusunda hevesliydi. Bir defasında onu yemeğe götürdüğüm restoranın kadınlar tuvaletinde hızlı bir seks macerası yaşadığımızı hatırlıyorum. Buna benzer başka birleşmelerimiz de oldu çünkü tipik bir ikizler kadını olarak hayatı zevk ve eğlence olarak görüyordu. Benimle inanılmaz derecede uyumluydu ve sınırları yoktu; bu anlamda bir erkeği her şekilde tatmin edebilecek bir kadındı.

Yine de bu kadar yakınımda olan Selim'in birdenbire bana onunla evleneceğini söylemesi beni şaşırtmıştı, bunu beklemiyordum. Soğukkanlı yapımdan dolayı hiç renk vermedim ve doğru kararı vermiş olduğunu söyleyerek şahitlik teklifini kabul ettim. Bana kalırsa dostluk böyle bir şey, her durumda yanında olmalısınız. Şartlar neyi gerektiriyorsa öyle davranmanız gerekir.

Müstakbel eşi Pelin ile yaşadığım ateşli geceleri elbette Selim'e hiçbir zaman söylemedim, onun hayatıyla ilgili böyle ciddi bir kararı alırken iyice düşünüp taşındığını varsaymak istedim, zira evlilik kararının ne kadar ciddi olduğunu ve tüm hayatına yön vereceğini bilecek yaştaydı.

O dönem tek yaptığım, Pelin ile yaşadığımız cinselliğe bir süre ara vermek oldu. Bir süre diyorum çünkü bu devre arası pek de uzun sürmeyecekti. Kadın bana adeta bağımlıydı. Bunun sebebini tahmin etmek benim açımdan zor değildi; zira yıllar içerisinde kadınlarla yaşadığım deneyimlerden öğrendiğim milyonlarca ufak tefek şey arasından özellikle bir nokta var ki bunu anladığımda adeta hayata bakışımın değiştiğini söyleyebilirim.

Bir erkeğin, kadın beyninin çalışma biçimini tam olarak anlaması bana kalırsa tamamen imkânsızdır. Belki bazı detayları anlayabilir, kendine göre gözlemler yapabilir ve dersler alabilir ancak kadınlar bize göre çok farklı bir düşünce yapısına sahiptirler. Öte yandan, kadınları dikkatli gözlemlediğinizde onlardan çok şey öğrenebilirsiniz.

Ben kendi adıma kadınlardan çok ders almış biriyim. Öyle ki, cinselliği kullanarak bir kadını kendime nasıl bağlayabileceğimi çok iyi biliyorum. Bu satırlarda dürüst olacağım konusunda söz verdim, kitaba böyle başladım, dolayısıyla bu konuyu da aktarmak konusunda hiçbir tereddüt etmeyeceğim;

"Bir kadın kendini yatakta keşfetmesini sağlayan erkeğe bağlanır."

Yani, bir kadın hangi erkekle kendini rahat hissediyorsa, hangi erkek ile fantezilerini rahatlıkla ve korkmadan paylaşabiliyorsa işte o erkeğe bağlanır. Ben bu konuda kadınların bile hayal edemeyecekleri ölçülerde rahat bir adam oldum. Bir kadının benim yanımda kendini rahatsız hissettiğini ya da kendini kasmak zorunda kaldığını hiç hatırlamıyorum; yatakta da benimle her şeyi deneyebildikleri için bana bağlandılar ve bazen evlendikleri zaman bile arada bir benimle yeniden yatağa girdiler. Evli kadınların bana ilgisinin sebebini ilk başlarda anlamıyordum fakat zamanla her şey netleşti:

İş hayatında kendini iyi bir statüye yerleştirmiş, iyi para kazanan ve eşini alttan almayı bilen efendi çocuklarla evlenen eski sevgililerim neden yıllar sonra arayıp benimle yeniden yatmak istesinler?

İlk bakışta benim açımdan çok anlamsızdı, anlamıyordum.

Sonra bu tip durumlarda seks sonrası yatakta onlara sorular yönelttiğimde bir noktayı anladım, bu başarılı ve efendi çocuklar yatakta yeterince yaramaz olamıyorlardı ve kadın kendini yeterince "*kadın gibi*" hissetmiyordu. Tatmin olmayan bir kadın, geçmişte yaşadığı maceralara bakıp hangi erkeğin yanında kendini tam olarak "*kadın gibi*" hissettiğini hatırlamaya çalışıyor ve bu durumda aklına gelen ilk isim de ben oluyordum: *Mert Atalay.*

Muhtemelen aynı sebeplerle Pelin de evliliğinin ardından ilk iki sene benden uzak durmasına rağmen bir süre sonra bana anlamsız mesajlar atmaya başladı, üstelik tek yaptığı bu değildi. O dönem benim kız arkadaşım olan müstakbel eşim Gül ile dördümüz bir araya gelip yemek yediğimizde Pelin gözlerini bana dikiyor, arzulu bakışlarını üzerimden ayırmıyordu. Yemek masasında bana manyak gibi bakıyordu. Anlamadığım nokta şuydu: Selim nasıl oluyordu da ona yetmiyordu? Üstelik Selim pisliğin tekiydi, bir kadının hiçbir fantezisi onu ürkütmezdi veya midesini bulandırmazdı, onu ruhundaki pislikleri gayet iyi bilecek kadar yakından tanıyordum. Karısıyla birlikte yapmayacakları hiçbir şey yoktu. Bu durumda Pelin benden hâlâ ne istiyor olabilirdi?

Kendimi dünyanın en sağlam seks yapan erkeği ya da bir çeşit Rocco Siffredi olarak görmediğim ve en azından bu tip konularda gerçekçi olduğum için Pelin'in ne istediğini anlamakta zorlanıyordum. Öte yandan sevgilim Gül o dönemlerde duruma uyanmıştı ve onlar evlendikten bir sene sonra çift olarak yemeğe çıktığımız ilk gece işin ciddiyetini hemen fark etti.

Gece yemekten sonra eve döndüğümüzde hiçbir agresiflik göstermeden ve hatta yumuşak diyebileceğim bir ses tonuyla bana seslendi;

"Canım biraz konuşabilir miyiz?"

"Elbette," diyerek salonda onun tam karşısındaki tekli koltuğa oturdum.

"Hiç lafı uzatmadan sana açıkça soracağım, bunu yapıyorum çünkü seninle evlenmeyi düşünüyorum. Emin ol, beni geçmişin ilgilendirmiyor..."

Konunun nereye geleceğini gayet iyi biliyordum. Sessizce onu izliyordum, yüzündeki mimikleri, sakin duruşunu, biraz sonra kopması muhtemel fırtınayı; fakat fırtına kopmadı, tam aksine benimle konuşurken yüzünde garip bir huzur vardı.

"Sen bu kadınla kaç defa yattın?"

"Hangi kadın diye sormayacağım çünkü bu senin zekana hakaret olur bebeğim," dedim ve ekledim "sayısını bilmiyorum ama birkaç ay boyunca onunla yattım."

"Hâlâ devam ediyor mu? Lütfen bana karşı dürüst ol, senden tek isteğim bu."

"Hayır," diye tereddütsüz yanıtladım ve ona doğruyu söyledim. O da doğruyu söylediğimi hemen anladı ve hiç aklıma gelmeyecek bir soru sordu:

"Seninle tekrar yatmak istediğinin farkında mısın peki?"

"Saçmalıyorsun," dedim.

"Biliyorsun," dedi, "biliyorsun ki kadınlar hissederler ve ben kadının sana masadaki bakışlarından seni nasıl arzuladığını açıkça gördüm, sen de her şeyin farkındasın. Bu durumda açık bir konuşma yapalım. Olur mu?"

"Onunla tekrar yatmayı düşünmüyorum," diye net bir yanıt verdim; "Bunun sebebi Selim değil. Selim'in karısı olsa bile arzuladığım bir kadınla tekrar yatarım."

"Dürüst olman güzel," diye beni takdir etti. Ama ben oralı olmadan açıklamamı sürdürdüm;

"Bak canım ben hayatı istediğim gibi yaşarım ve seni evliliğe zorlamıyorum ama şunu bilmeni isterim ki kadınlarla maceralarıma devam edecek olsam bu konuda beni engelleyecek hiçbir şey olamaz. Ne sen ne de bir başkası. Bu durumda benim bu tip eski defterlerimin kapandığını ve artık sadece ciddi bir ilişki aradığımı anlamalısın. Yeterince yaşadım ve artık bu şekilde devam etmek istemiyorum. Eğer bu kadın da bana arzuyla bakıyorsa bu durumda eşi bu durumu fark edip onu uyarmalıdır, sen veya ben değil. Bu bizim işimiz değil."

"Bana kalırsa sen avukat olmalıymışsın," dedi gülümseyerek, "konu kendini savunmaya gelince bir avukat gibi laf cambazlığı yapmayı biliyorsun."

"Bence aramızda bir tane avukat olması yeterli," dedim ona atıfta bulunarak, "üstelik sen bu işi benim gibi laf cambazlığıyla değil, layıkıyla yapıyorsun. Bu durumda seninle gurur duyabilirim."

"İyi de bir kadın iyi seksi unutmaz," dedi ciddi bir ses tonuyla.

"Ne yapmamı bekliyorsun ki? Kadını öldürecek değilim herhalde, onunla ilişkim bitti diyorum anlamıyor musun?"

"Onlar evlendikten sonra bu kadınla hiç yattın mı?"

Gözlerinin içine bakarak gerçeği söyledim: "Hayır."

"Peki," dedi, "Ben bu konuda emin olmak istiyorum, dolayısıyla bir daha bu insanlarla bir araya gelmek istemiyorum."

"Selim benim en yakınımdaki insan," dediğimde tereddütsüz yanıtladı: "O zaman sen onunla görüşürsün ancak karısıyla aynı ortama giremezsin. Arkadaşınla görüşmen umurumda bile değil, sadece karısından uzak dur, hepsi bu."

"Benim için problem değil, bunu yaparım," dedim.

"Yapmazsan kesinlikle seninle devam etmek istemiyorum," dedi, "Benim eskiden birlikte olduğum bir adamla görüşmemi istemezsin öyle değil mi?"

Ona bakmadım bile, bardağıma koyduğum viskimi yudumladım. Cevabını bildiği sorular sorarak sinirimi bozmaya çalışıyordu, aramızda bu diyaloğun geçtiği zamanlarda ben henüz otuzlu yaşlarımın başındaydım ancak yine de manipülasyonun ne olduğunu gayet iyi biliyordum, yaşıma göre yoğun hayat tecrübelerine sahiptim. Ne de olsa ailemden sevgi görmeden büyümüştüm ve yıllar içerisinde sayısız kadınla yatarak kendime çeşitli sevgi kaynakları üretmeyi bilmiştim, kadınların kimi durumlarda veya kızdırmak istedikleri zaman ne çeşit manipülasyonlar yaptıklarını gayet iyi biliyordum. Sessiz kaldım ve anlamsız sorusunu yanıtlamadım.

"Neden cevap vermiyorsun?" diye sordu bir avukat edasıyla, ki zaten mesleği buydu.

"Yanıtını bildiğin sorular sorarak sinirimi bozmaya çalışıyorsun fakat bu konuda benden hiçbir yanıt alamazsın," dedim viskimi yudumlarken.

"O zaman ne yapmaya çalıştığımı anlıyorsun," dedi yüzündeki ciddi ifadeyi bir milim bozmadan.

"Neymiş," diye sordum sadece bakışlarımla.

"Bir ilişkide sahip çıkmayı bilen bir adamsın, senin yanındayken bana sahip olduğunu ve beni korumaya çalıştığını hissediyorum," dedi, "Fakat ben de aynısını sana yapmak zorundayım çünkü bizim aramızdaki duyguyu seviyorum ve bunu eski ilişkilerinde yaşadığın fantezilere kurban etmek istemiyorum, anlıyor musun?"

"Cümleleri böyle kurduğun sürece bana sahip olabilirsin bebeğim," dedim.

Benimle nasıl konuşması gerektiğini biliyordu ve iğneyi her zaman damardan yapıyordu.

"Mert, ben gayet ciddiyim," dedi ve sakin bir ses tonuyla ninni okur gibi konuşmaya devam etti: "Ben sana kapıldım ve sana değer veriyorum, kadınlar tarafından beğenilen bir adam olman umurumda bile değil, eğer benimle olacaksan sadece benimle olacaksın. Benim dünyam bu şekilde dönüyor ve benim kurallarıma uymak zorundasın. Açık ilişki bana göre değil, bu fahişe ya da başka bir fahişe, benim için fark etmez; onlardan uzak duracaksın. Sana asla kaç kadınla yattığını sormadım çünkü geçmişte ne yaptığın beni hiç ilgilendirmiyor. Beni ilgilendiren tek şey benimle birlikteyken neler yaptığındır. Bu durumda bana sadık olmak zorundasın."

Garip bir şekilde sözleri sert ama ses tonu ve yüz ifadesi şaka gibi yumuşaktı. Eğer birisi dışarıdan benimle konuşmasını sesini kısarak izleseydi, kadının bana aşkını ilan ettiğini düşünebilirdi, oysa beni açıkça fırçalıyordu ve bu durum, yani üslûbu benim hoşuma gidiyordu. Söylediklerinde haklı olması bir yana, tehlikenin hemen farkına varması ve önlem alması hoşuma gitmişti. Her çeşit kadınla birlikte oldum ancak tahammül edemeyeceğim yegane kadın tipi hiçbir şeyin farkında olmayan salak bir kadındı. Ayrıca, salak bir kadını aldatmanın zevki nerededir? Hiçbir şeyin farkında olmayan bir kadını aldatmış dahi sayılmazsınız; *çünkü onun saflığı, aldatma eyleminin başarısını geçersiz kılacaktır...*

Daha evlenmemiştik, sadece güzel bir ilişki yaşıyorduk ancak Gül bana sınırlarını açıkça çiziyordu. İtiraf etmeliyim ki bu durum beni etkilemişti, o gece evde benimle yaptığı konuşma zihnimde bu kadınla evlenme konusunda kesin karar almamda çok etkili olmuştur. Bunun sebebini şöyle açıklayabilirim: Birlikte oturduğumuz masada resmen içime düşen bir başka kadın konusunda beni bu kadar soğukkanlı bir üslûp ile uyaran ve tavrıyla beni ikna edebilen bir kadın, evlilik sırasında meydana gelebilecek bütün fırtınalarda sağlam bir yol arkadaşı olacaktır. Bu kadar basit. Ben bir kadında en başta buna bakarım, zor durumlarda veya aptalca hatalarımda yanımda durabiliyor mu ve beni akıllıca yola sokabiliyor mu?

Her erkek potansiyel olarak hataya açıktır, hatasız kul olmaz derler ya, bence burada erkeklerden bahsediyorlar. Mesele erkeğin hata yapması değildir, ne zaman ve nerede yapacağıdır. Bu durumda önceden tehlikeyi sezen ve hiç tereddüt etmeden hemen gerekli tavrı sergileyen, kendi çizgilerini ortaya koyan bir kadınla hayatımda pek karşılaşmadım. Belki de bu sebeple Gül, ilişkimizin en başından beri ve tüm evliliğimiz boyunca beni etkiledi. Güzeldi ama tanıştığım en güzel kadın değildi, belirgin bir cazibesi vardı ancak tanıdığım en cazibeli kadın değildi. Beni karımda etkileyen, şu iki özelliğin bir araya gelmesiydi; soğukkanlılık ve zekâ. Bu ikisi bir araya geldiğinde öncelikle çok başarılı bir avukat ve benim gibi bir adam açısından çok çekici ve asla kaçırılmaması gereken bir kadın oluyordu.

Hayatımda kaç tane soğukkanlı ve sakin kadın tanımıştım?

Yine dürüst olmamı ister misiniz?

Hiç. Sıfır. Her zaman fevrilik yapacak bir sebep bulurlardı. Buna dayanamıyordum. Benim ruhum yeterince fırtınalıydı, en azından birlikte olduğum kadın sakin olmalıydı ve beni idare etmeliydi.

Gül ile aramızda geçen bu diyalogdan birkaç ay sonra onunla evlenmek istediğimi açıkça söyledim ve sonrasında evlendik. Hiç pişman olmadım. Evlenecek bir adam değildim, işin garip yanı evlenilecek bir adam da değildim. Ama bazı kadınlar cesurdur ve bir adamı gerçekten adam etmek konusunda hırslanırlar...

Gül ile evlenmek yıllar içerisinde beni çok değiştirdi, bazı konularda gerçekten değiştiğimi ve geliştiğimi hissediyorum ama şeytanlıklardan asla vazgeçmedim. Yaşadığımı hissetmek için şeytanlık yapmam gerekiyordu çünkü sadece ufak veya büyük şeytanlıklar yaptığım zaman hayatta olduğumu hissediyordum. Yıllar önce bir filmde duyduğum bir sözü hatırlıyorum: "Bazı adamlar hafta sonlarını barbekü veya futbol maçlarıyla geçirerek tatmin olmazlar..."

Uslu bir aile adamı olmayı, sıradan ve rutine dönen bir hayat yaşamayı, kendi halinde zevklere sahip olmayı çocukça buluyordum, en basit anlatımıyla *bana göre değildi.* Ben ruhumu ateşe veren hamleler yapmayı ve hayatıma renk katmayı seviyordum, serserilik yapmanın yaşı yoktur, hayata renk katmak konusunda ise hiçbir sınır yoktur...

En şeytanca olan nedir biliyor musunuz? En yakın arkadaşınızın, dostum dediğiniz insanın eşiyle birlikte olmak. Bu gerçekten şeytanca bir eylemdir, insana kendini oldukça kötü ve aynı zamanda güçlü hissettirir.

Güç, milyonlarca farklı şekilde tanımlanabilir ancak benim dünyamda güç başkasının yapmaya cesaret edemeyeceği şeyi yapabilmektir. Daha zengin olmanız sizi daha güçlü yapmaz, ya da daha zeki olmanız sizi daha güçlü yapmaz. Önemli olan şudur; elinizdeki bu daha fazla sahip olduğunuz para, zekâ veya her neyse işte bunlarla hangi kırmızı çizgiyi zorluyorsunuz?

Başka kimsenin yapamadığı neye cesaret ediyorsunuz?

İşte buna vereceğiniz cevap sizin ne kadar güçlü olduğunuzu belirler.

Mesele ne kadar güçlü olduğunuz ise ahlak kavramı da buna dahildir; örneğin ben gücümü kötü şeyler için kullanmıyorum çünkü ben ahlaklıyım diyen bir insan ahlak konusunda en güçlü olduğunu iddia eden insandır. Dolayısıyla kendini diğer insanların ahlak konusundaki iradesi ve gücüyle kıyaslamaktadır; insan davranışlarının altında yatan sebepler başka hiçbir tabelaya çıkmaz ve tabelanın üzerinde büyük harflerle GÜÇ yazar.

Ben kendimi tanıyorum. Gücü ne kadar sevdiğimi biliyorum. Üstelik bu konuda başkaları gibi riyakâr davranacak değilim; güce taparken ben mütevazıyım diyenler midemi bulandırıyorlar, açıkça güç takıntısı olduğunu söylemek bir tarz meselesidir, ben bunu tercih ediyorum.

Belki tamamen değil ancak büyük ölçüde ruhumu tanıyorum ve yaşadıklarım neticesinde ne kadar zalim ve duygusuz olabildiğimi defalarca gördüm. Bu durumda insana dair hiçbir şey kayıt dışı kalmayacak ve bu satırlara dökülecektir. Ben şahit olduklarımı yazacağım, siz de gördüklerinizi bunlara ekleyebilirsiniz. Bu satırların sonunda eğer elimizde hâlâ insani bir his kalırsa, kayıtsızca yaşamaya devam edebiliriz...

Onca gece arasında Kız Kulesi'ne yalan söylediğim o geceyi neden anlatıyorum?

Çünkü o gece İstanbul'un gece mavisine yalan söyledim, üstelik suçüstü yakalanmama rağmen bunu reddettim ve ilk defa, yalan söylemekte artık başarısız olduğumu anladım.

Sizi bir sene öncesine, Selim ile İstanbul boğazında bir mekânda baş başa ve hâlâ iki dost olarak yediğimiz son akşam yemeğine götürmeden önce şu detayı belirtmeliyim: Görüşme fikri benden çıkmamıştı. Bir çarşamba akşamı beni arayıp, "Yemeğe gidelim, sana anlatacaklarım var," dediğinde şüphelendim ancak bir anlam veremedim. Birkaç haftadır görüşememiştik çünkü yoğun reklam kampanyaları nedeniyle ofisten çıkamıyordum.

Ama hani insanda bir huy vardır, bir şeyleri hisseder de konduramaz, aldığı kötü sinyallere bir anlam veremez. Bende de bu durum oldu, açıkça kötü hissetmeme rağmen, onunla görüşmek için beni davet ettiği restorana gittim. Ucunda ne olabilirdi ki?

Ama o gecenin sonunda bana yıllardır sorması gereken soruyu sorma cesaretini yakaladı:

"Karımla yatıyor musun?

3

Suç ortaklığı bile sonsuza kadar sürmez...

İnsanın hayatında bazı anlar vardır, günler demiyorum, anlar. Cesare Pavese'nin o ölümsüz sözü geliyor aklıma: "Günleri hatırlamayız ancak anları hatırlarız..."

O anlar, hayatımızı sonsuza kadar değiştirir. Bir şeylerin değişeceğini ve eskisi gibi olmayacağını hissederiz ancak tam olarak emin olamayız ya da konduramayız. Yine de garip bir his içimizi sarar ve bizi esir alır. İnsan, hayatındaki kritik makas değişimlerini hissedecek kadar güçlü bir varlık olsaydı her şey çok farklı olabilirdi ancak çok az sayıdaki insan böyle bir frekansa sahiptir.

Hayatımda geçirdiğim son on iki aylık sürece baktığımda bir dolu olay görüyorum, ancak düşüncelerim eninde sonunda hep o gecede kilitleniyor. Nedense o geceye takıntılı gibiyim çünkü uzun yıllardır tanıdığım bir adamla daha önce hiç yaşamadığımız bir restleşme ve şeytani dürüstlük seviyesine gelmiştik, adeta karşılıklı yıllardır taktığımız maskelerimiz düşmüştü, artık birbirimizden hiçbir şeyi saklamaya gerek görmüyorduk. Hani bazı anlar vardır, "Artık kaybedeceğim bir şey kalmadı, aklıma esen her şeyi yapabilirim," diye düşünürüz. İşte öyle bir an yaşıyorduk, garip olan şuydu; ben yemeğe giderken gecenin sonunda midemin bulanacağını hiç düşünmemiştim. İşin çok aşırı boyutlara geleceğini ve hep yanımda tuttuğum bir adamla neredeyse iki düşman olarak masadan kalkacağımızı bir an olsun aklıma getirmemiştim. Belki de bunun sebebi uzun zamandır işlerimden kafamı kaldıramıyor olmamdı.

İnsanın basireti nerede bağlanır biliyor musunuz? Davranışları alışkanlık hâline dönüştüğü ve sonra da rutine bindiği zaman. İşte tam o anda insanın basireti bağlanır ve bunun farkına varamaz, yaklaşan tehlikeyi hissetmez ve burun üstü düşer. Ben de tam olarak bunu yaşadım.

Neye alışırsanız onunla sınanırsınız...

Bana söylediği mekân, Avrupa yakasında, boğaza nazır Kız Kulesi manzaralı bir et restoranıydı. Buraya daha önce birkaç defa yurt dışından gelen misafirlerimi ağırlamak için gelmiştik ancak uzun zamandır takıldığımız bir yer değildi dolayısıyla ilk etapta neden burayı seçtiğini anlamadım. Ana kapının girişinde görevli valenin "Hoş geldiniz Mert Bey," diyerek beni karşılamasına şaşırdım, ismimi hatırlıyor olması biraz garipti; ama renk vermedim ve içeri yöneldim.

Misafirleri karşılayan suratsız görevli beni görünce zoraki gülümsedi ve beni bekleyen beyefendinin önceden gelmiş olduğunu belirterek onun oturduğu masayı gösterdi. Selim, o gece boğaza damgasını vuran *parliament* gece mavisini en yakından izleyebileceği, deniz kenarındaki masaya geçmişti. Hatırladığım kadarıyla ben mekâna vardığımda saat akşam yedi buçuk civarında olmalıydı, ancak Selim'in benden en az yarım saat önce oraya gelip ben gelmeden birkaç sigarasını bitirmiş olduğu kül tablasındaki kalabalıktan belliydi. Onu uzaktan gördüğümde gergin olduğunu hemen fark ettim.

Onunla çok fazla olay yaşamıştık ve gergin olduğu anları biliyordum. Genelde işleriyle ilgili veya bir türlü yakasını kurtaramadığı kumar alışkanlığıyla ilgili gergin olurdu. Benden hiçbir zaman borç alamamıştı ancak sağdan soldan borçlar aldığını hatta tefecilere kadar düştüğünü biliyordum. Kumardan kendini kurtaramıyordu, ona bu konuda yıllardır tek bir laf etmemiştim çünkü hayatta en nefret ettiğim davranış bir başkasına akıl vermekti. Bu bana göre değildi.

Her insan kendi hayatını öyle ya da böyle mahvetme, perişan etme veya kül etme hakkına sahipti ve bunun da bir çeşit özgürlük olduğunu düşünüyordum.

Hayatını havaya uçurma özgürlüğü...

Ona asla müdahale etmedim ve hayatına burnumu sokmadım. O gece onu restoranda ilk gördüğümde aklıma gelen yine kumar borçları olduğuydu. Yine borç taktı ve sıkıştı, benden muhtemelen para isteyecek diye düşündüm. Ancak bu konuda yanılmıştım...

Masaya yaklaşırken gökyüzünün koyu lacivert olması dikkatimi çekti, bir haziran akşamıydı ve mavinin koyu tonu İstanbul Boğazı'nı ele geçirmişti. Masaya birkaç adım kala Selim bakışlarını bana çevirdi ve gözlerindeki kötülüğü gördüm, sadece birkaç saniye bana ruhunda sakladığı şeytanıyla baktı ama sadece kısa bir an, sonra hemen yüzüne maskesini taktı ve yıllardır alışık olduğum sahte gülümsemeyi yüzüne yerleştirdi. Nedense bu durumu garipsemedim, daha önce belirttiğim gibi; benden nefret ettiğini ve bunu benden büyük bir özenle sakladığını gayet iyi biliyordum. Hissetmenin ötesinde, bunu biliyordum.

"İyi akşamlar yalnız kovboy," diyerek onu selamladım.

Gülümsedi ve "Sana da iyi akşamlar kasabanın şerifi," dedi.

Benim şerif olduğumu biliyordu ancak Amerika tarihinde kaç şerif sokak ortasında bir köpek gibi vurulup öldürülmüştü. Bunu aklımdan çıkarmadan masaya oturdum.

"Hayırdır?" diye sordum, "Benimle aniden görüşmek istediğine göre acil bir durum olsa gerek..."

"Acelemiz mi var dostum?" diye sordu, "Yeni geldin; gece bizim, bir yere mi yetişeceksin?"

"Ne acelesi?" diye sordum.

"Yine bir tecavüz mü olacak yoksa?" derken öfkeyle kahkaha attı.

Beni zor bir gecenin beklediğini işte o anda tüm hücrelerimde hissettim. Koyu mavi bir renk vardı gökyüzünde ve ruhum da neredeyse kararmak üzereydi.

"Anlaşılan sen pislik peşindesin," dedim sandalyeyi çekip masaya otururken.

"Ne var ki? Sen her zaman pislik peşinde değil misin? Sen mi bana dürüstlük dersi vereceksin?" diye sordu gülümseyerek. Kendini zor tutuyordu. Öfkeliydi ama yüzüne baktığımda saklamaya çalıştığı gerçek yüzünü gördüm birkaç saniye, ruhunu teslim almış duygu sadece öfke değildi, aynı zamanda nefret doluydu, beni bir kaşık suda boğmaya hazırlanır gibiydi.

"Hey sakin ol yalnız kovboy, yine kumarda milyonlarca lira kaybettiysen bunun sorumlusu ben değilim," diyerek konuyu dağıtmaya çalıştım.

Masaya oturduğumda önden bazı mezeler sipariş etmiş olduğunu gördüm. Ana yemeklere geçmemişti, beni bekliyordu.

"Aç mısın?" diye sordu.

"Pek sayılmam," dedim, "Kuş etleri midemi bozdu, Brezilya mutfağı bok gibi..."

"Her kuşun eti yenmez, yoksa bunu bilmiyor musun?" dedi gülümseyerek...

"Ben de yemedim zaten," dedim, "Eti olan her şeyi yiyorlar, aç kaldım oradayken..."

"Demek ki karnını doyurmayı öğrenmelisin," diye beni uyardı.

"Senin gibi mi olmalıyım?" derken garsona işaret ettim, hemen geldi ve kendime sağlam bir bonfile sipariş ettim. Selim de bir şeyler sipariş etti ancak garsona ne söylediğini dinlemedim bile, tek bildiğim, o akşam sağlam beslenmeli ve fazla içmemeliydim çünkü bu adam, yıllardır tanıdığım, ancak o gece artık bana bir yabancı gibi baktığını fark ettiğim bu pislik adam, bana savaş açmak üzereydi. Savaşı hisseden her erkeğin yapması gerektiği gibi, sağlam beslenip onunla dövüşmek istiyordum.

Bakın tam burada size erkekler konusunda vermem gereken önemli bir bilgi var.. Erkekleri yüzlerce çeşide ayırabiliriz ancak tam da bu noktada iki çeşit erkek vardır; savaşa hazır olanlar ve savaştan kaçanlar.

Ben hayatım boyunca savaşa hazır bir adam olarak yaşadım, hatta keşke bir savaş olsa da kan çıksa diye beklemişimdir. İçimdeki şeytanı ortaya koyabileceğim iki alan vardı; Freud sağ olsun; ya şiddet ya da seks. Evet, yıllar içerisinde içimdeki kötülüğü seks yaptığım kadınlara gösterdim, kimi zaman şiddet kullandım, kimi zaman onları ortada bıraktım, aldattım, umursamaz davrandım, iğrendim, üzerlerine kustum, otel odasından gecenin bir yarısında kovdum, nefret ettim, sinirlendim, yok saydım, dışladım, kötü davrandım, aşağıladım, yalanlar söyledim, kandırdım, defalarca umut verdim ama yapmadım, cezalandırdım, rezil ettim ve depresyona soktum. Akla gelebilecek her türlü kötülüğü yaptım ama şiddet, işte bu bambaşka bir zevktir. Bana kalırsa seks ile kendimi ortaya koyduğumda asla ulaşamayacağım bir tatmine şiddet yoluyla ulaşabilirim. İşte buna hazırdım, aşağılık dostum Selim'in bana öfkeli olduğunu daha masaya oturduğum anda fark etmiştim ve onun savaş teklifini daha o bana sormadan kabul etmiştim. Ben hazırdım, ucunda ölüm olsa bile, bundan daha güzel bir fırsat olabilir miydi?

Her şeyin bir sonu olmalıydı; en büyük suç ortaklığının bile bir sonu vardır.

Peki bizim suç ortaklığımız nasıl meydana gelmişti? O haziran akşamında olanları size anlatmadan önce kısaca, aramızdaki ortaklığın tarihçesini paylaşmak istiyorum. Bana kalırsa her ortaklık belli bir sebep için oluşur, bazen iki insanın kaderi ortaktır ve hayat boyu birlikte yürümeleri gereken pis bir yol vardır, ilahi güçler devreye girer ve bu iki insanın yollarını hiç olmadık koşullar altında birleştirir. İlahi Güce kim akıl erdirebilir? Bir şeylerin meydana gelmesi gerekiyorsa tüm yolları deneyecek ve iki insanın yollarının kesişmesini sağlayacaktır, buna engel olabilecek hiçbir yöntem yoktur. Bazen bir insanla yolunuz keyifli ve sempatik yollarla kesişir bazen pek de tahmin edilemeyecek kesişmeler yaşarsınız. Eğer birisi bana Selim ile suç ortaklığınız bu şekilde meydana gelecek deseydi buna asla inanmazdım; çünkü onunla ilgili birazdan anlatacağım sahneyi asla hissetmemiştim. İnsan küçük yaşlarda olayları algılamakta zorlanıyor ve *hayata hazırlıksız yakalanıyor.*

Garip olaylara şahit oluyorsunuz ve bu olaylar hayatınızı sonsuza kadar değiştiriyor; kimi zaman bir çeşit travmaya neden oluyor ve ruhunuzda büyük yaralar açılıyor kimi zaman, Yavuz'un ablası Hümeyra'nın öldürülmesi gibi, gördükleriniz size kendinizi; saklanan ruhunuzu gösteriyor, daha çok küçük yaşlarda kendinizi keşfetme süreciniz başlıyor. Akıl almaz şekilde, size hayatınızla ilgili ilk sinyaller veriliyor.

Nasıl işliyor bütün bu sistem?

Hayatımın çok garip olaylar zinciri olacağını daha ufak yaşlarda anlamıştım, şokella yiyip sokakta top oynayan götü boklu çocuklardan biri olsam hayat benim açımdan çok daha basit bir şey olabilirdi, ama değildi. *Belli ki benim daha dünyaya gelmeden kendime seçtiğim hayat yolu zor olacaktı.*

İşte bu yolda, Selim ile suç ortaklığımızı oluşturan olay da, en az benim kendime seçtiğim hayat yolu kadar garipti. O zamanları çok iyi hatırlıyorum; yaşımız on altıydı. Lisedeydik. İyi anlaşamayan ve hatta birbirinden nefret eden iki serseriydik. Lise yıllarımızda o bana göre çok daha popüler bir serseriydi çünkü ben gölgede kalmayı seviyordum. Tercihim kendimi belli etmemek ve yaptıklarımı sergilememek yönündeydi. Oysa Selim popüler olmayı seviyordu; kendini göstermek ve lisedeki kızların ilgisini çekmek onu tahrik ediyor olmalıydı, muhtemelen kızlar ona ilgi gösterdiğinde ereksiyon oluyordu ve aşağılık bir çocuk olduğunu bir an için bile olsa unutuyordu. Böyle ilgiye bayılan zayıf ruhlu erkekler vardır; genelde erkekler, kadınlar kadar ilgiye muhtaç değildirler ancak bazıları vardır ki bir kadından ilgi görmek için her şeyi yaparlar; Selim'in de bu konuda yapabileceklerinin bir sınırı yoktu. O yıllarda içten içe ondan nefret ettiğim için insanların ilgisini çekme amacıyla her şeyi yapmaya hazır aşağılık bir ruh olduğunu uzaktan baktığımda bile açıkça görebiliyordum.

Lise birinci sınıfın yıl sonuna doğru bir olaya şahit oldum, bu olay bizi hiç hesapta olmayan biçimde birbirimize bağladı; daha doğrusu Selim çenemi kapalı tutmam için bana yakınlaştı ve tesadüfen şahit olduğum sahneyi kimseye söylemeyeceğimden emin olmak için daha öncesinde bana açıkça hissettirdiği düşmanca tavırlarını bir kanara bırakıp benimle diyalog kurmayı tercih etti.

Lisedeki pisliklerden bir diğeri Taylan adında bir çocuktu, nerede bir pislik varsa orada Taylan'ı görmek mümkündü. Adamın tüm davranışları şeytancaydı ve etrafındaki herkese zarar vermek dışında bir özelliği yoktu. Ünlüydü, çünkü insanlar ondan nefret ediyorlardı, müdür Yücel Bey bile bu çocuktan çekinirdi. Müdür aslında son derece acımasız ve gaddar bir adamdı; fakat konu Taylan olduğunda müdür de geri duruyordu ve onu cezalandırmak konusunda tereddüt ediyordu çünkü Taylan'ın aldığı cezalara nasıl bir yanıt vereceği belirsizdi. Bu tip durumlar insanda tereddüt yaratır, eğer karşınızdaki insan, sınırları olmayan ve son noktaya kadar gidebilecek biriyse onun üstüne gitmek istemezsiniz. İşte Taylan böyle bir ruha sahipti.

Bana da birkaç defa sataşmıştı ancak bir tartışmada hiç düşünmeden onun üstüne atlayıp kaşını yardığım için benden çekiniyordu. İkimiz pislik yapmak konusunda rekabet edebilirdik, kimin daha kötü olduğu tartışılırdı, Taylan bu konuda lisede kibirle dolaşıyor ve en şeytani ruha kendisinin sahip olduğunu göstermek istiyordu ancak benim en az onun kadar zalim bir ruha sahip olduğumu bilen tek kişi de yine Taylan'ın ta kendisiydi. Ben şeytani özelliklerim konusunda reklam yapmıyordum, o resmen kendini pazarlıyordu, aramızdaki fark buydu.

Her neyse, bir gün lisede ders sırasında Hoca'dan izin alıp tuvalete girdiğimde Selim'in Taylan'a oral seks yapmakta olduğunu gördüm. İkisi önce beni fark etmediler ve sessizce işlerini görmeye devam ettiler. Öncelikle Selim'in kendini keşfetme konusunda böyle açılımlar yaptığını bilmiyordum ve dışarıdan hiç böyle bir görüntü vermiyordu, şaşırdım ve bu sahneyi görünce hemen çekip gitmek istedim ancak o kadar sıkışmıştım ki tuvalette bir şekilde çişimi yapmak zorundaydım. Buna mecburdum, zaten yeterince disiplin cezası almıştım, okulun koridorlarına işeyerek kendimi okuldan attırmak istemiyordum.

Bir an, sadece birkaç saniye ne yapacağımı bilemedim ve tereddüt ettim; çünkü ilk görüşte böyle bir sahne insanı dehşete sokuyor, bu ortamdan kaçmak, uzaklaşmak ve hatta bulunduğum varlık seviyesinde yok olmak istedim çünkü iki erkek arasındaki cinsel birleşme o yaşlarda benim açımdan çok garip ve algımın ötesinde bir duruma işaret ediyordu. Sonrasında, yıllar geçtikte, bunun da bir yönelim olduğunu düşünerek herkese saygı duymayı öğrendim ancak o yaşlarda istemeden şahit olduğum bu sahne beni bir şoka soktu ve nasıl tepki vereceğimi bilemedim.

İlk birkaç saniye beni fark etmediler. Taylan ayakta duruyordu ve Selim onun önünde diz çökmüş ona oral seks yapıyordu. Taylan gözlerini kapamıştı ve Selim sessizce işini görüyordu. Oldukça garip bir sahne olduğunu itiraf etmeliyim. Sahneyi gördükten birkaç saniye sonra gözlerimi kapadım ve geriye doğru sessiz bir adım attım; fakat beni fark ettiler ve Taylan aniden gözlerini açıp bana doğru baktı. Selim hemen ayağa kalktı ve şaşkın bakışlarını bana yöneltti. İkisinin birden bana saldıracaklarını düşünüp yaşadığım anın gerilimiyle sınıfa doğru koşmaya başladım. Hızlıca sınıfın kapısını çalıp içeri girdim ve yerime oturdum. Hızlı hareketlerimden dolayı Hoca da dahil sınıftaki herkesin bakışları bana yöneldi ancak hiç ses etmedim ve o anda OMERTA konusunda kendi içimde kesin bir karar aldım. SESSİZLİK.

Lise koridorlarında birkaç gün sonra Selim karşıma çıktı

ve "Naber nasılsın?" diye konuya girdi. Anlam veremedim, unutmaya çalıştığım bir sahneyi yeniden hatırlamaya başladım, bu durum beni rahatsız ediyordu.

O kadar garip davranıyordu ki, sanki böyle bir sahne hiç yaşanmamış ve her şey normalmiş gibi konuşuyordu. Üstelik, sanki bizim bilinmeyen bir sebeple dost olmamız gerekiyormuş gibi cana yakın ve girişken tavırlar içerisinde olması beni oldukça şaşırtıyordu.

Ben kendi içimde sessizlik yemini etmiştim ve aslında konu beni hiç ilgilendirmiyordu, bu durumda onun bana ısrarla yakınlaşmaya çalışmasının sebebi neydi?

Benden ne istiyordu?

Hayatta istemeden de olsa bir takım garip sahnelere şahit olabilirsiniz, peki bu insanlar, hayatınıza almak istemediğiniz bu insanlar, tesadüf olduğuna inanmayıp neden hayatınıza ısrarla girmek isterler?

Belki de her şeyi orada bırakmak ve kesinlikle Selim ile yakınlaşmamak gerekiyordu, tüm güzel sözlerine ve benimle diyalog kurma çabalarına rağmen ona hayatımla ilgili tüm kapıları kapamalı ve ondan sonsuza dek uzak durmalıydım, belki de yapmam gereken sadece buydu.

Ama bunu yapamadım ve ona bir şans verdim, kendimi ondan yüksek ve onu kendimden aşağıda gördüğüm için olsa gerek, onu hayatıma aldım.

Benim açımdan büyük bir hata olduğunu bugün geriye doğru baktığımda hiçbir şüpheye yer bırakmayacak şekilde görüyorum ancak yıllar geçti ve biz bir şekilde yakınlaştık. Belki de böyle olması gerekiyordu, birlikte yaşadığımız onca deneyimin gerçekleşmesi gerekiyordu.

O gün lisenin tuvaletinde şahit olduğum sahne beni her ne kadar şaşırtmış ve dehşete düşürmüş olsa da Selim'in farklı cinsel deneyimleri beni ilgilendirmiyordu. Yıllar içerisinde onunla bu konuyu tek bir defa olsun konuşmamış, aramızda gündeme getirmemiştik. Düşündüğüm zaman şunu görüyorum ki beni asıl şaşırtan bu olaydaki cinsellik değildi; beni asıl şaşırtan, Taylan'ın önünde diz çökmüş olmasıydı. Benimle lise yıllarımda bu kadar ciddi bir rekabete girmiş bir çocuğun aslında domine edilmek konusunda bu kadar istekli olduğunu görmek beni dehşete düşürmüştü. Bu konu üzerine detaylı düşündüğümde anladım ki ruhumda yaşadığım dehşetin en büyük sebebi buydu.

Bir insanın, size zalimce davranan ve sizin canınızı acıtmak için her yolu deneyen kötülük timsali bir ruhun, aslında başkalarının önünde diz çöken ve her türlü tahakküme boyun eğen bir varlık olduğunu görmek sizi dehşete düşürmez mi?

Beni düşürmüştü ve insan ruhunun bu garip yönlerini fark ettiğimde sadece on altı yaşlarındaydım.

Onu gözümde büyüttüğümü fark etmek garipti ama en başta da kendimle ilgili beni dehşete düşürmüştü. Bazen birini gözünüzde büyütürsünüz oysa o kendi dünyasında garip fantezileri olan garabet insanın tekidir. Bu ihtimali görmezden gelir ve teslim olduğunuz korkunun esiri olursunuz, çünkü ondan korkmak ve çekinmek size zevk vermeye başlamıştır. İnsan her şeye alışır, en başta da korkuya alışır. Ben de ondan çekinirken onu gözümde asla yenilmeyecek bir çocuk olarak konumlamıştım. Oysa onun çekindiği Taylan, üstüne atlayıp ağzını burnunu kırdığım için benden deliler gibi çekiniyordu. Demek ki yanlış mantık yürütüyordum ve hayatta hiçbir şey göründüğü gibi değildi. Bunu anlamış oldum.

Dediğim gibi, Selim'in benimle diyalog kurma girişimlerine bir süre sonra olumlu dönüşler yaptım ve okulda teneffüslerde onunla takılmaya başladım. Bana da farklı taleplerle yaklaşır mı diye düşündüm ancak asla böyle bir şeyi ima dahi etmedi. Birkaç ay sonra bana karşı gözlerinde sakladığı tereddüt de yok olmuştu çünkü Taylan, piçin önde gideni, zevk düşkünü serseri, okuldan atıldı. Yine okulun tuvaletinde bu sefer bir kızla seks yaparken yakalanmıştı ve bu defa şansı yaver gitmemişti çünkü onu yakalayan okul müdürü Yücel Bey'den başkası değildi. Bu fırsatı kaçırmadı ve piç Taylan'ı hemen okuldan gönderdi. Taylan'ın varlıklı ailesi okulu bastı ve müdürü her şekilde tehdit ettiler ancak müdür tek bir geri adım atmadı ve Taylan'ı okuldan yolladılar. Herkesi tedirgin eden ve ne zaman ne yapacağı asla belli olmayan serserinin tekiydi. İşin aslı, onun gitmesiyle herkes rahatlamıştı, filmlerde olur ya hani; bir kasabada seri katilin dolaştığını bilenler geceleri asla rahat uyuyamazlar işte lisede Taylan gitmeden önce genel atmosfer böyleydi. İçine şeytan kaçmış bir pisliğin okulun koridorlarında nefes almakta olduğunu bilmek insanları tedirgin ediyordu.

Bu kitabın ilerleyen kısımlarında sizlere aktaracağım üzere, Taylan'da ve onun gibi ruhlarda bana tanıdık gelen bir şeyler vardı, dolayısıyla bu şeytani ruhun lisenin koridorlarında dolaşması beni o kadar da tedirgin etmiyordu. Ondan uzak duruyor ve gerekmedikçe hiçbir diyaloğa girmiyordum çünkü her ne kadar ondan korkmuyor olsam da onunla yakınlaşmayacak kadar tedbirli biriydim.

Hiçbir kavganın nereye gideceği kestirilemez; işte bu yüzden biri bana saldırmadıkça şeytanımı ruhumun derinliklerinde saklamayı öğrenmiştim.

Selim ile zaman içerisinde gittikçe yakın olduk ve sanki bu olayın, onunla ilgili şahit olduğum olayın, sadece bizi bir araya getirmek için meydana gelmiş olduğuna dair bir duyguya kapıldım çünkü bu çocukta farklı cinsel tercihler olduğuna dair en ufak gösterge yoktu. O gün sabah ters tarafından uyanmış ve Taylan'ın önünde diz çökmüş olamazdı, mutlaka farklı arayışları olmalıydı ve ben ona her zaman bu gözle, adeta açık arar gibi bakmama rağmen hiçbir zaman böyle bir sinyal ile karşılaşmadım. Sanki hiç yaşanmamış gibiydi.

Daha da enteresan olan şuydu; Selim ile birlikte zamparalık yapıyorduk, lisenin son iki sınıfında yediğimiz içtiğimiz ayrı gitmiyordu. Daha o yaşlarda sempatik ve girişken bir çocuktu, kızlarla kolaylıkla iletişim kuruyor ve güzel hatunları benim masama, ayağıma kadar getiriyordu, üstelik bunun için kılımı bile kıpırdatmam gerekmiyordu; tam bir joker gibiydi. Benim işime yaramayı seviyordu ve bu şekilde onu hayatımda tutmam için birçok sebep veriyordu. Lise yıllarını suç ortaklığımızın temellerini atarak geçirdik.

Üniversite'de ailem beni Amerika'ya gönderdi, UCLA'da yüksek lisans ve ardından MBA yapma şerefine nail oldum. Selim'in ailesi o kadar iyi durumda değildi, Türkiye'de bir yerlerde okudu ve sonra üstüne birkaç cila yaptı, fakat o dönem görüşme sıklığımız oldukça azalmıştı. Bir defa yaz tatiline geldiğimde Bodrum'da buluşalım dedik, birkaç gece mekânlarda takılmak ve yeniden aramızda sıkı bir dostluk oluşur mu diye bakmak istiyorduk, bana kalırsa ikimiz de bunu merak ediyorduk. Yaklaşık iki senedir Amerika'da olduğum için birlikte çevirdiğimiz ergen işlerinden uzak kalmıştık.

O yaz Bodrum'da beş gece takıldık ve şunu gördük; aramıza zaman ve mesafeler girse bile eğleniyorduk, sessizce gecenin içinde dolaşıyor ve tanımadığımız kadınların ruhuna ve bedenine girmekten keyif alıyorduk.

O yaz Selim yine garip bir şeyler yaptı, beni şaşırtmaya devam ediyordu ama onu olduğu gibi kabul etmeyi öğrenmiştim. Kaldığımız boktan otelde odalarımız yan yanaydı.

Gece Halikarnas Disko'dan iki kızla ayrılmış ve onları birlikte otele gitmeye ikna etmiştik. Kızlardan kumral olanı elbette ben almıştım, aramızdaki anlaşma bu yöndeydi kumral ve siyahşın olanlar her zaman benimdi, sarışın olanları da Selim alıyordu. Bu konuda asla taviz vermedim.

Her neyse, asıl olay kızların esmer veya sarışın olması değildi, gece odalara dağıldık. Benim yanımdaki kızın ismi neydi veya nereliydi bugün hatırlamam imkânsız, çünkü ertesi sabah hayatımda olmasını kesinlikle istemediğim bir kadındı, sadece cinsellik yaşayacaktık ve ardından hayatımdan defolup gidecekti. Bu durumda muhtemelen ona adını bile sormamış olabilirdim, kızın da pek umurunda değildi çünkü onları otele gitmek için ikna etmemiz sadece beş dakikamızı almıştı, kızlar sadece eğlence peşindeydiler.

Gecenin ilerleyen saatlerinde anladım ki Selim eğlenceden fazlasını arıyordu çünkü yan odamızdan kızın bağırış sesleri gelmeye başladığında ben derin bir uykudaydım. Yanımdaki kumral hatunu iki veya üç defa düzmüş olmalıydım, evet bizde de bağırışlar olmuştu ama tadında bıraktık, işimiz bitince adam gibi yattık, uyuduk. Kızın bağırış seslerini duyunca hemen kalkıp giyindim, yataktaki kadın bir anda "Nereye?" diye seslendi. Garipti, çünkü sesinde sanki uzun zamandır benimle olan bir kadınmış gibi hoşuma gitmeyen bir sahiplenme tınısı vardı, ona kötü bir bakış fırlattım ve "Kapa çeneni ve buradan ayrılma," dedim.

Odadan çıkıp Selim'in kapısını çaldım, kapıyı kız açtı, ağzı burnu kan içindeydi, bir anda onun odadan çıkmaya hazırlandığını gördüm ve ona gülümseyip sakinleştirdim, bana sarılıp ağlamaya başladı. Ben yavaşça odaya doğru birkaç adım atıp kızın gerilemesini sağladım ve tam o anda bakışlarımı merakla odada gezdirirken Selim ile göz göze geldim, yatağın kenarında ellerini yumruk yapmış halde oturuyordu. Bana baktı ama beni görmüyordu, ruhundaki kötülük onu esir almıştı. Tanıdığım adam orada değildi ya da en başından beri, lise birinci sınıfta ondan nefret ettiğim zamanlardan beri aslında tanıdığım ruhu oradaydı.

İnsan ruhunda maske bazen düşer, nadir anlarda görürüz bunu, işte öyle bir andı. Kısa sürdü, sadece birkaç saniye ve sonra beni gerçekten görünce ve yeniden dünyaya dönünce maskesini takıp ayağa kalktı ve yeniden topluma göstermekte olduğu Selim Bey haline geldi. Kız hâlâ ayakta bana sarılmış ağlıyordu. Bir an istemsizce kahkaha attım, çünkü kızın Selim gibi aşağılık bir ruhtan kaçıp bana sığınması beni güldürdü.

Kime sığındığı hakkında en ufak bir fikri bile yoktu...

Ona daha sıkı sarıldım ve saçlarını kokladım, Selim bizi şaşkın bir ifadeyle izliyordu, Bodrum'un nemli yaz gecesindeki o berbat otel odasında masanın üstüne belli ki aceleyle çıkarmış olduğu pantolonu eline aldı ve kıç cebinden sigara paketini çıkardı. Sigarasını yakarken Bruce Willis gibi gözlerini kıstı ve bana baktı, ne yapmaya çalıştığım hakkında en ufak bir fikri bile yoktu.

Bilmiyordu...

Ruhumda milyonlarca yıllık insanlığın mirası olarak sakladığım kötülüğü, şeytanca duyguları ve bu alevlerin ruhumdaki görünmez kapıların altından bir yerlerden çıkmak üzere olduğunu, bilmiyordu...

Sarışın hatun, tıpkı benim odamda yatakta bıraktığım kankası gibi, ucuz parfüm kokuyordu. Buna şaşırdım çünkü bu iki kaşar da marka giyinen ve gösteriş peşinde kızlardı, belli ki hepsi sadece görüntüydü. En ufak bir kaliteleri yoktu ve tamamen avam kadınlardı. Ben onu kendime çekip saçlarını kokladığımda ruhumda en ufak bir merhamet kırıntısı aradım, bunu bulmayı gerçekten istiyordum, insan olduğumu hatırlamaya ihtiyacım vardı. Hatta eğer bana insan olduğumu hissettiren bir an yaşasaydım Selim'in üstüne atlayıp onun suratında kendime göre bir harita çizebilirdim. Bunu yapmak istiyordum çünkü yattığım kadının kalitesiz bir avam olduğunu fark etmiş ve üstüne üstlük gecenin bir yarısı benimle hiçbir ilgisi olmayan sebeplerle güzellik uykumdan uyandırılmıştım.

Yan odamda kalan, lise yıllarımdan beri tanıdığım ve kimi zaman neden hayatımda olduğunu bile hatırlamadığım Selim adında bir pislik, eğer kızı döverken sessiz kalmasını sağlayamıyor ise bu benim suçum olamazdı!

Kötülüğün de bir kalitesi olmalıydı, içimden gerçekten de bunları geçiriyordum; eğer birisine zarar vereceksen onu sessiz tutmayı bilmeliydin, eğer döveceksen önce bayıltacak kadar sağlam bir yumruk atmalıydın, eğer tecavüz edeceksen önce onu yatağa bağlamayı bilmeliydin; yani kısacası her şeyin kendine göre bir tarzı olmalıydı.

Geri zekâlı Selim bunları bilmiyordu, o anda şunu fark ettim ki maksat, kişinin içinden geldiği gibi birilerine zarar vermesi değildi, asıl önemli olan bunu bir tarza bağlı kalarak ve kendi kalitesini koruyarak yapmaktan ibaretti. Yoksa, içinden geldiği gibi ortalığı kana bulayan bir sefil yan odada kalan insanları uyandırıp her şeyi eline yüzüne bulaştırabiliyordu, tıpkı Selim'in yaptığı gibi...

Kıza birkaç saniye daha sarıldım ve sonra aniden omuzlarından tutup onu kendimden geriye doğru ittim, ani hareketim karşısında bir adım geri atmak zorunda kaldı ancak yüzünde hâlâ bir güven duygusu vardı. İtiraf etmeliyim, o anda bile, geri dönülemeyecek şeyler yapmak üzere olmama rağmen, bana insan olduğumu hatırlatacak bir şeyler söylemesini ya da ruhumdaki saklı iyiliği (???) ayağa kaldırabilecek bir ifadenin yüzüne yayılmasını bekliyordum.

Demek ki gerçekten de insan olduğumu hatırlamayı istiyordum ama bu olmadı ve asla yapmaması gereken bir şey yaptı ve dudaklarını bana doğru uzattı, benimle öpüşmek istedi...

Ona çok güçlü bir yumruk indirdim, sağ kolumu kaldırıp ona nasıl vurduğumu hatırlamıyorum ama Selim içmekte olduğu sigaranın dumanını öksürmeye başlamıştı. Gözlerinde şaşkın bir ifadeyle bana bakıyordu.

Kız havada ufak bir şekil çizip yatağa doğru düştü. Selim bana doğru bir adım attığında bakışlarımdaki ifadeden olacak yerinde dondu kaldı.

Bakın size karşı dürüst olacağım; o anda ben, artık ben değildim, çünkü şeytanım ruhumun dümenini ele geçirmişti ve itiraf etmeliyim ki bundan garip bir keyif alıyordum. Ben, kendimden bağımsız ve ruhumla hiçbir temas halinde olmayan bir şeytan algısına teslim olacak kadar cahil bir varlık değilim; çünkü biliyorum ki her ruhun içinde iyilik ve kötülük kavga halindedir. Ben, saçma sapan algıların yerine şunu itiraf ediyorum; uykuda olan kötülüğü uyandırmıştım...

Kızın, kendini korumak için bağırdığını sanarak odaya gitmiş, bana sarılmasına izin vermiştim ancak sonra, Selim ile yataktan çıkıp beni öpmeye çalışması midemi o kadar bulandırmıştı ki kendimi içimdeki kötülüğe sadece iki saniye içerisinde teslim etmiştim.

Bundan sonra sahne ona aitti.

Bakışlarımı, yatakta bayılmış, yatmakta olan kızdan Selim'e kaydırdım, sigarasını elinde tutuyor ancak şaşkın bir ifadeyle bana bakıyordu.

"Beni bu orospu için mi uyandırdın piç herif?" diye fısıldadım. Hâlâ bendim ama sanırım Selim'e göre artık ben değildim. Bir başka adama, daha önce tanışma fırsatı bulamadığı bir adama bakar gibi bana bakıyordu.

"Üzgünüm," diye kekeledi, "Bu kadar bağıracağını tahmin etmemiştim."

"Tamam, şimdi bana yardım edeceksin," dedim.

"Ne için?" derken kendini hazırlamak ister gibi sigarasını söndürdü.

"Kemerini getir," dedim sadece. Anlamadan getirdi.

Onun kemerini ve benimkini kullanarak kızı yatağa bağladık. Ağzına bir mendil tıktım, muhtemelen kendine geldiğinde bağırmak isteyecekti ama ben Selim kadar salak değildim ve benim şeytanımın kendine göre bir yol haritası vardı; iyice düşünmeden kötülüğe bulaşmıyordu...

Kızın ellerini yatağın başına bağladık, sonra kızın uyur halde üstüne çıkıp ona tecavüz etmeye başladım. Selim sessizce izliyordu ve şoka girmiş gibiydi, aslında beni izlemiyordu, diğer adamı, benim ruhumu ele geçiren gerçek kötülüğü izliyordu.

Birkaç dakika sonra durup keyif almadığımı fark ettim, kızın üstünden kalktım ve işimi bitirmeden sahneyi terk etmeye karar verdim. O anda odada bizi izlerken şok halinde sigara içmekte olan Selim'in farkına vardım, üzerimde tehditkâr bir hava olmalıydı çünkü bana bakışlarında dehşetle dolu bir ifade vardı. Yatağın kenarında bir süre ayakta dikilip gömleğimi pantolonumun içine yerleştirdim, Selim ile bakışıyorduk, "gözünü bize diktin," der gibi bakıyordu..."

Onda en ufak bir istek aradım, ruhunda en ufak bir istek, ondan hayat boyu uzak durmak ya da onu hayatımdan tamamen çıkarmak için en ufak bir cinsel isteği olup olmadığını anlamak ister gibi ona bakıyordum. Yanımda dolaştırdığım adamın bir gün benimle şansını denemesi ihtimali midemi bulandırıyordu. Emin olmak istedim. Ruhumdaki şeytanı tam olarak ortaya koyarak; Selim'in bundan sonra benimle yola devam edip etmeyeceğini anlamak zorundaydım.

Biliyor musunuz, bir insanı tanımanın en iyi yöntemi budur...

Bir insana olabileceğiniz en kötü tarafınızı gösterirsiniz ve tepkilerine bakarsınız, o anda bir karar vermek zorunda kalır: Ya tamam ya devam. Ben Selim'in bana asla göstermek istemeyeceği bir sahneye şahit olmuştum ve onu satmadım, asla ağzımı açmadım ve sesimi çıkarmadım.

Onu olduğu gibi kabul ettim...

Oysa ne kadar zordur; bir insanı olduğu gibi kabul etmek. Burada satırlara yazdığım kadar kolay bir şey değildir... Dünyada kaç insan bir başkasını olduğu gibi; yani hiç değiştirmeden ve kendi özüyle kabul edecek olgunluğa sahiptir?

Ben öyleydim, bu konuda mütevazı olamam... Ama Selim, peki ya o beni olduğum gibi kabul etmeye hazır mıydı?

Otel odasında kısa süreli bir şoka girdiği her hâlinden belliydi, bir süre ses çıkarmadı ve yeni bir sigara yaktı, ben üstümü başımı düzeltirken bakışlarını benden kaçırıyordu, bana bakmak ve yüzüme yerleşmiş olan şeytani ifadeyi görmek istemiyordu. Belki de buna hazır değildi; çünkü kafasında konumladığı Mert Atalay, evet bazen kötülükleri olan bir adamdı, ancak bu kadar ileri gidebilecek bir pislik değildi. Ayrıca bir nokta daha var, size bu satırlarda yazmak zorundayım; onu dehşete sokan şey aniden benim farklı bir yüzümü görmüş olması değildi; onu asıl dehşete düşüren hiç beklemediği şekilde benim şeytani yönümün onu çok gerilerde bırakmış olmasıydı... İşte bu ihtimali aklından bir an olsun geçirmemişti...

Kimin ne kadar kötü olabileceğini nasıl bilebilirsin?

Ben ucuz parfüm kokulu sarışının üzerinden kalktığımda odada bir süre sessizlik oldu, Selim'e adeta "Öyle yapılmaz böyle yapılır," demiş oldum... Verdiğim mesajı net bir şekilde algılamıştı.

O anda ikimizin de dikkatini dağıtan bir şey oldu; yatakta elleri bağlı halde sessizce uzanmakta olan ucuz parfüm kokulu sarışın kız kendine gelmeye başladı ve bir takım anlayamadığım şeyler söylüyordu. Selim ile bir an bakıştık ve sonra ben ona "Gerisini sen halledersin," deyip otel odasının kapısına doğru yöneldim. Kapıyı açtığımda bir an için arkamı dönüp ona baktım, odadaki şekilsiz masanın yanındaki sandalyede sigara içiyordu. Kafasını kaldırıp bana göz ucuyla baktı ve sonra yine başını indirdi.

Odama döndüm, bir anlık şeytani nöbetim henüz sona ermemişti, kapıyı açıp odama girdiğimde kumral kızın ayakta beni beklediğini gördüm, o da sigara içiyordu, sanki herkes sigara içiyordu. Nefret ettiğim sigara dumanını kendimden uzaklaştırmaya çalıştım.

"Ben gidiyorum," dedim.

"Nereye?" diye sorma ihtiyacını hissetti.

"Sana ne lan," diye yanıtladım sertçe, "Nereye istersem oraya gidiyorum, seni ilgilendirmez, sen de odamdan benimle birlikte çıkıyorsun, seni odamda bırakacak değilim."

"Bu kadar kötü olmak zorunda mısın?" diye sordu, anlamsızca.

Dolaba asılı gömleklerden bir tanesini aldım ve üstümdeki krem rengi keten gömleği yavaş hareketlerle çıkarmaya başladım; "Hayırdır?" diye sordum, "Siz kadınlar kötü erkekleri sevmiyor musunuz?"

"Her kadın değil," diye yanıtladı korkulu gözlerle.

Anladım der gibi baktım ona kısa bir süre, sonra "Sen neden giyinmiyorsun geri zekalı?" diye fısıldadım gülümseyen yüzümle.

"Sen neden böyle davranıyorsun?" diye sorma gereğini hissetti.

"Çünkü seninle işim bitti," dedim, "Seviştik, hem de iki üç defa seni tatmin ettim sen de beni mutlu ettin, artık işimiz bitti, sence de bir insanı insan yapan gitmesi gerektiği ânı bilmesi değil midir?"

"Gecenin bir yarısı nereye gitmemi bekliyorsun?" diye sordu.

"Merak etme seni sokağa atacak değilim," dedim, "Sadece yan odaya, beyinsiz arkadaşının yanına gideceksin, orada uyursunuz birlikte, üçünüz belki grup falan yaparsınız..."

"Beni arkadaşına mı yolluyorsun sen?" diye sordu tepkiyle. Sevgilim değildi, karım değildi, hiçbir şeyim değildi, bu kızı Halikarnas Disko'da sadece birkaç saat önce tanımıştım ve onu otel odama benimle birlikte gelmeye ikna etmek sadece beş dakikamı almıştı ve şimdi bu ucuz kadın odamdan çıkmamak için sanki karımmış gibi laflar ediyordu.

"İstersem seni cehennemin dibine bile yollayabilirim, şimdi hemen giyin çünkü benim kötü tarafımı görmeyi istemezsin, emin ol bunu yaşamak istemezsin," dedim.

Bir an, çok kısa bir an tereddüt etti ve sonra hemen ezbere hareketlerle giyinmeye başladı, çıplaktı ve aslında vücudu güzeldi ama benim umurumda bile değildi, bu olayın geçtiği dönemde henüz yirmili yaşlarımda olmama rağmen ailemin sağladığı para ve sonucunda gelen ukala tavırlarım nedeniyle elde etmek istediğim her şeyi elde etmiştim. Hayatta elde edemeyeceğim herhangi bir şey yoktu ve asla olamazdı.

Dünya, sadece benim şeytani ruhuma aitti.

Ucuz kumral tüm hücrelerini ateşe veren korkuyla hemen giyindi ve ayaklandı, çantasını alırken onu dirseğinden tuttum, kendini benden uzaklaştırmaya çalıştı ancak yapmacık şekilde ona sarıldım ve öpüşmeye başladık. Öpüşürken bile kendini geri çekmeye çalışıyordu ama onu sımsıkı tuttum ve bırakmadım. Dudaklarımı ağzına sokup hayatımın en büyük aşkını bulmuş gibi onu öptüm. Sonra, onu bıraktığımda benden bir adım geriye çekilip bakışlarını yüzüme dikti ve sonra asla unutamadığım şu cümleyi fısıldadı:

"Seni bu hâle getiren nedir?"

Onu yanıtlama gereği duymadım ve odanın kapısını açarak dışarı çıktım, onu da dirseğinden tutuyordum, Selim'in kapısını çaldım, yanımdaki ucuz kumral sessizce ve şaşkınlıkla bana bakıyordu. Selim kapıyı açtığında, diğer kızın çoktan yataktan kalkmış ayakta sigara içmekte olduğunu gördüm. Oralı olmadım, yaşadıklarını muhtemelen hatırlamıyordu sanki biraz kendine gelmiş gibiydi, yanımdaki kumralı dirseğinden çekip odanın içine doğru ittirdim, bakışlarımı Selim'e yöneltip "Bu kız da sizinle kalacak, ben sonsuzluğa doğru gidiyorum," dedim.

"İntihar mı edeceksin?" diye sordu keyifle.

"Hayır daha kötüsü," dedim, "Yaşamaya devam edeceğim..."

Kapıyı kapattı, bir an otelin sigara kokan koridorunda yapayalnız kaldım ve sonra merdivenlerden resepsiyona inip kendimi sokağa bıraktım. Bodrum Yat Limanı otelin tam karşısındaydı, oraya doğru yürüdüm, sabah beşe doğru kendi ruhumdaki çılgınlıklara gülümsedim ve sabaha eşlik eden yalnızlığımı derin bir nefesle içime çektim.

Bana kalırsa insan kendini keşfettiği sürece yaşamdan keyif alır, bazen güzel deneyimlerle keşfedersin bazen de canını acıtan olaylar yaşarsın ve yaptıklarına kendin bile şaşırırsın. Hepsi, bu keşif sürecindeki yol işaretleridir. Ben işaretleri takip ederek yolculuğuma devam ediyordum, hatta itiraf etmeliyim ki yirmili yaşlarımda daha yolun başlarındaydım.

Bir süre yürüdüm, hafif bir serinlik vardı havada ve aylardan ağustos olması nedeniyle yaz sona ermek üzereydi, bu tatilin ardından Amerika'ya dönecektim. Sadece birkaç günlüğüne tatile gelmiştim, Bodrum beni kendime getirir diye düşünüyordum oysa ucuz tek gecelik ilişkiler sadece daha çok kaybolmama neden oluyordu.

Şimdi düşünüyorum da bu hayatta hiçbir şey bir erkeğin ruhunda tek gecelik ilişkiler kadar büyük bir tahribat yaratamaz.

O zamanlar, yani yirmili yaşlarımda bile, tek gecelik ilişkilerden zevk alamıyordum, eğer maksat sadece boşalmak ise bu durumda basit yöntemlerle kendimi boşaltabilirdim, ucuz parfüm kokulu kadınlara bunu yapmak için ihtiyacım yoktu. Üstelik beyinsiz arkadaşım onlara şiddet uygulayarak kendini tatmin etmeye çalışırken ben odaya girip müdahale etmek ve hiç istemediğim şekilde tecavüz etmek zorunda kalıyordum.

Birilerine ders vermek için içimdeki kötülüğü ortaya koymak zorunda mıydım?

Yarım saat kadar yürüdükten sonra odama döndüm. Yan odada beceriksiz Selim ve iki ucuz kızın ne yaptıklarına aldırış etmeden sessizce eşyalarımı topladım ve otelden ayrıldım. Oysa üç gece daha kalacaktım parasını ödemiştim ama bunu bir an olsun umursamadım, Bodrum'da olmak hoşuma gitmemişti, olaylar beklediğim gibi gelişmiyordu. Taksiyle havaalanına giderken ilk uçağa bilet aldım ve hiç düşünmeden İstanbul'a döndüm. Olmam gereken yer burasıydı, çok sonraları kendime itiraf edeceğim üzere ben tatil için Türkiye'ye dönme derdinde değildim, ben sadece İstanbul'a dönmek istemiştim. Bu durumda gençliğin verdiği heyecanla Bodrum'a gitmenin ne anlamı vardı? Sadece aptallıktan ibaretti.

Gençlik böyledir, bir an aklınıza bir şey gelir ve önünü arkasını düşünmeden hemen yaparsınız, enerjiniz size fazla gelir ve sürekli bir şeyler yapmak bir işe yaradığınızı ve hayatı gerçekten yaşadığınızı hissettirir. Oysa bu büyük bir yanılgıdan başka bir şey değildir.

Selim'e asla haber vermemiştim, önce İstanbul'a döndüm ve ardından sadece bir hafta sonra Amerika'ya döndüm. İki sene daha hiç görüşmedik. O beni aramak istemedi sanırım çünkü otelde gördüğü adamla görüşmek istemiyordu. Tekrar ediyorum; onu rahatsız eden şey benim özümde kötü bir adam olmam değildi, asıl rahatsız eden şey benim ondan çok daha kötü olmamdı. İşte bunu kabullenmesi mümkün değildi.

İnsanların kötülükleri bizi asla korkutmaz;

Bizim onlarla aynı seviyede kötü olamayacağımızı fark etmek ve onlar kadar vicdansız olmanın bizim için imkânsız olduğunu görmek bize kendimizi zayıfve işe yaramaz hissettirir.

Size bazı kısa pasajlar halinde Selim ile olan suç ortaklığımızın temellerini anlatmak istedim; fakat bunun bir sonu yok gibi; çünkü birlikte o kadar çok sayıda olay yaşadık ki belli bir noktada kendimizi kaybettik. Sorgulamayı bıraktık; sadece keyif almaya ve yaşamaya çalıştık, kendimizi hayatın şeytani akışına bıraktık çünkü böylesi daha iyi olacaktı.

Yemeğe dönelim...

Siparişlerimiz masaya geldikten sonra bir süre sessiz kaldık ve hiç konuşmadık. Selim beni bakışlarıyla ölçüp biçiyordu, zihninde saklı bir çekmecede muhafaza ettiği konuya giriş yapacağı belliydi ancak muhtemelen nereden gireceğini bilmiyordu. Ben taktik icabı sadece bekledim ve ona hiçbir giriş kapısı açmadım, lezzetli bonfilemi afiyetle yerken Kız Kulesi'ni izledim. Masada gözle görünür bir gerginlik olmasına rağmen etrafımızı saran atmosfer İstanbul akşamı gibi güzeldi.

"Reklam sözleşmelerini imzaladın mı?" diye sordu yemeğini hızla mideye indirirken.

"Düşündüğüm gibi olmadı," diye kısaca yanıtladım.

"Ters giden bir şeyler mi oldu?"

"Bilirsin, her zaman planda olmayan bir şeyler gerçekleşir."

"Ne gibi?"

"Sanki umurundaymış gibi aptalca sorular sorma," diyerek konuyu kapatmak istedim.

"Nasıl istersen," diye kestirip attı. Her şey kopmak üzereydi, bizi ayakta tutan ve çaylak hareketlerle üzerinde yürümekte olduğumuz ince ipler kopmak üzereydi.

Hani ikimiz de konunun nereye geleceğini biliyorduk da sadece zaman kazanmaya çalışıyorduk. Aramızdaki gerginliği sessizce kabullenmiştik.

Havayı yumuşatmak için ona bakıp şöyle dedim: "Bazı saçma diyaloglar, sadece iş olsun diye sorulan sorular veya ezbere yaşamlar bizim için geçerli olmamalı, bunca yıllık dostluğun ardından, asıl konuya gelmelisin. Benim zamanımı çalmana asla izin veremem."

"Ne oldu?" diye sordu bakışlarını bana yönelterek; "Hangimiz daha öfkeliyiz, sen mi yoksa ben mi?"

"Sen neden öfkelisin anlamadım?" dedim Al Pacino'yu bile kıskandıracak bir oyunculuk performansıyla.

"Sence neden öfkeli olabilirim?" diye sordu anlamaz tavırlarla, ağzımdan laf almaya çalışıyordu ancak bunu çocukça bir naiflikle yapması ister istemez beni güldürdü. Onun bu yaşa gelmesine rağmen, yıllar öncesinde bırakması gereken çocukça tavırlarını hâlâ taşıyor olması bence zavallıca bir davranış biçimiydi. İnsanlarda en çok midemi bulandıran iki özelliğe birden sahipti; avamlık ve zavallı davranışlar.

Yeryüzünde kendini bulamamış bir zavallı ruh daha... Neden var olduğu bile belli değildi...

"Bu akşam biraz asabisin; Gül ile her şey yolunda mı?" diye sordu ilgili bir tavırla.

"Karımla yaşadıklarım seni hiç ilgilendirmez," diye yanıtladım tabakta duran bonfileyi parçalara ayırırken.

"Ne zamandan beri ilgilendirmiyor?" diye sordu ve sonra canımı acıtan o soruyu ekledi; "Başka kadınlarla yattığından beri mi? Ya da en başından beri mi? Asla yatağına almaman gereken kadınları düzdüğünden beri mi?"

"Anlamıyor musun," diye sordum bakışlarımı ona dikerek, "Bunu kadınlar istiyorlar. Eğer bir kadın sert şekilde ve nefes almadan düzülmek isterse, ben de yapmam gerekeni yaparım. Bu kadar basit, sen bunun neresi anlamıyorsun?" O kadar ciddi bir ses tonuyla sordum ki bir an için düşündü ve kendi sessizliğine daldı.

"Belki de ben oyunu bu kadar iyi bilmiyorumdur," dedi zavallı bir ses tonuyla.

"Belki de sen hiçbir boku bilmiyorsundur," dedim onu bakışlarımla onaylayarak.

"Bazı adamlar kötü olmak için yaratılmıştır," dedi, "Üstelik en yakınlarındaki insanlara bile zarar vermekten keyif alırlar ve bu kötülük onların en büyük zevki hâline gelir."

"Bu benim için geçerli değil," dedim, "Beni gözünde çok büyütüyorsun ve yıllardır bu huyundan bir türlü vazgeçemedin."

"Bence senin için de geçerli. Seni o kadar uzun zamandır tanıyorum ki senin için neyin geçerli olduğunu çok iyi biliyorum ben. Seni en zayıf anlarında, en acımasız ve en zorba anlarında gözlemlemiş bir başka insan var mıdır?"

Onu bakışlarımla sessizce onayladım. Bundan cesaret alarak konuşmasına devam etti;

"Ben senin her hâlini biliyorum, senin bilmediklerini bile biliyorum. Sana bazen nasıl göründüğünü anlatsam bana asla inanmazsın. Sen bir şeyi söylerken ne demek istediğini biliyorum, gerçekten aklından neler geçtiğini de biliyorum, biraz önce Kız Kulesi'ne bakarken bakışlarında çok kısa bir an, daha önce dikkatimi çeken parıltıyı gördüm. Sana daha önce söylemedim ama son dönemde karından ne zaman bahsetsen o garip parıltıyı görüyorum."

"Hayatımda duyduğum en büyük saçmalık," dedim, oysa *haklıydı...*

"Karımla aramda neler olduğunu neden merak ediyorsun?" diye sordum, "Ben senin karını ve evinin içindeki konuları hiçbir zaman merak etmedim ve özel hayatına burnumu sokmadım. Dostluğumuzda böyle kurallarımız var biliyorsun."

"Kurallar?" derken viski kadehini bana kaldırdı, "Senin gibi bir adam kurallardan bahsediyor, ne desem bilemedim."

"Söyleyecek bir şeyin yoksa çeneni kapatabilirsin, belki de bu yapabileceğin en iyi şeydir," derken başımla onu selamladım.

"İşin en garip tarafı ne biliyor musun?" diye sordu ama ben İstanbul'un koyu lacivert akşamını izlerken ona bakmadım bile, sorusuna bir yanıt verme gereği duymadım. Bir an önce yemeği bitirip bu berbat mekândan ayrılmak istiyordum. Belki manzara mükemmeldi ancak o akşam fark etmiştim ki avam bir yerdi, siparişleri getiren çalışanlar, kapıda karşılayanlar, vale işlerini yapan apaçiler, hepsi de sonuna kadar avamdı.

İçimde kabaran bir öfke bulutu ruhumu esir almaya başlıyordu ve en çok korktuğum da buydu, bana sahip olmasını istemediğim bir öfkenin tüm ruhumu ele geçirmesi, işte bu ihtimal beni korkutuyordu çünkü öfkelendiğim zaman başımı gerçekten belaya sokacak şeyler yaptığımı biliyordum. Sakin olmak ve çenemi kapalı tutmak zorundaydım.

Kısa bir an düşününce şu gerçeğin farkına vardım; *yıllardır tanıdığım bu pislik herif karısıyla yattığımı biliyordu...*

Bana şunu sorduğunuzu duyar gibiyim; "Bu pislik herif dediğin ve gerçek karakterini bildiğin bir adamı neden yıllardır çevrende tuttun?"

Çevrenize baktığınızda bir sürü pislik olduğunu göreceksiniz. Eğer dikkatli bakmazsanız hiçbir şeyin farkına varmadan yaşamaya devam edersiniz.

"Benim çevremde hiç pislik yok" diyenlere sadece gülüyorum çünkü kendilerine en büyük yalanları söyleyenler onlar... Her insan, kendisine zarar vereceğini bile bile bazı gereksiz dostları çevresinde tutmaya devam eder, peki nedir bunun sebebi?

Yalnızlık korkusu ya da yıllar içinde oturan alışkanlıklar. Hepsi olabilir; fakat bir gerçek hiç değişmez, çevrenizde asla güvenemeyeceğiniz insanları tutmaya devam edersiniz. İnsan kendine zarar vermeye bile alışabilir, işte bu kadar garip ve anlaşılmaz bir varlıktır.

Bütün bunları bir kenara bırakacak olursak, karısıyla yattığımı nasıl öğrenmişti?

Pelin yıllardır gizlice birlikte olmamıza rağmen en ufak bir açık vermemiş ve her zaman gizlilik kuralına sadık kalmıştı. Belki kocasına sadık bir kadın değildi, ancak yaşadığı kaçamaklarda sessizlik kuralına sadık kalmayı biliyordu; bu da çok az sayıda kadının başarabildiği bir şeydi.

İki kişi arasında kaldığı sürece bir kaçamak yaşayabilirsiniz; üçüncü kişi devreye girdiği anda artık bu bir kaçamak değildir; çünkü yaşadıklarınız insanlar arasında yayılan bir bilgi hâline gelmiştir. Dolayısıyla iki tarafın da gizlilik kuralına sonuna kadar sadık kalması gerekir.

Karısıyla yattığımı nasıl öğrenmiş olabilirdi?

Konuyu dağıtmak ve ona gerçekten içimden gelenleri söylemek istedim: "Dostluk nedir biliyor musun? Karşındaki insanı olduğu gibi kabul etmektir. Onu hayatına alıp almamak tamamen senin seçimindir, bu seçimi yapar ve onunla ilgili bir karar verirsin ancak hayatına aldığın insanı artık yargılayamazsın."

"Demek öyle..."

"Evet, aynen öyle. Biz seninle yıllar öncesinde sessiz bir anlaşma yaptık ve ben seni olduğun gibi kabul ettim."

"Neymişim ben?"

"Pisliğin tekisin"

"Sen farklı bir şey misin?"

"İkimiz de pisliğin iki farklı yüzü olabiliriz, madalyonun iki yüzü gibi..."

Soran bakışlarını gözlerime dikti.

"Kötülük görecelidir dostum," dedim, hâlâ dost olduğumuzu varsayarak, "Kimi insana göre kötü olan bir şey başkasına göre gayet iyi olabilir. Nereden baktığına bağlı olarak tamamen değişir, tıpkı bir çiçek dürbünü gibi. İkimiz de yıllardır gözlem yapıyoruz, aslına bakarsan lisede birbirimizden nefret ediyorduk ve bu akşam bu masada hâlâ o nefreti hissedebiliyorum..."

Artık kaybedeceğim bir şey yoktu; bu sebeple açık oynamaya karar vermiştim.

"Demek benden hâlâ nefret ediyorsun, öyle mi?" diye sordu umutsuzca.

"Sen benden nefret etmiyor musun? Hayatında bir kez olsun bana karşı dürüst olamaz mısın? Maskenin düşmesinden bu kadar korkmana gerek yok," dedim gülümseyerek.

"Kendini çok zeki zannediyorsun değil mi?" diye sordu öfkeli bir surat ifadesiyle.

"Aslına bakarsan kendimi zeki falan zannetmiyorum; sadece açıkça ortada olan gerçekleri değerlendiriyorum."

"Neymiş o gerçekler?"

"Hayatımızda bulunduğumuz noktaya baksana, sen zavallı bir noktadasın; kumarda para kaybeden ve elindeki her şeyi yitiren bitik birisin, ama ben hayatta bir yerlere gelmeyi başarmış biriyim. Anlıyor musun?"

"Beni aşağılamak hoşuna mı gidiyor?" diye sordu.

"Ben sadece olanı anlatıyorum; objektif olmak gerekirse her şey açıkça ortada."

"Neymiş açıkça ortada olan?"

"Sen kumarda kaybettiğin paraları sağdan soldan dilenen birisin, bu berbat alışkanlığından asla kurtulamadın; oysa ben hayatta istediği her şeyi başarmış biriyim. Kendini benimle kıyaslayacak kadar hayalperest olmak zorunda değilsin..."

"Kendini bu kadar yükseklerde görmek seni iyi hissettiriyor ve tatmin ediyor olmalı," dedi sakince.

"Ben sadece gerçeklerden yola çıkarım," dedim hiç sinirlenmeden, "Aramızdaki her şey ortada, sence de öyle değil mi? Eğer gördüklerini yorumlayamıyorsan bu tamamen senin problemin olsa gerek. Her insan kendi hayatını yoluna koymakla yükümlüdür; hayata yönelik yaratıcı katkıları olmasa bile en azından bunu başarabilmesi gerekir. Sen kendi hayatını yoluna koyamadıysan bunu başkalarına yönelik bir nefrete dönüştürmek zorunda değilsin..."

"Sence ben başka insanlardan nefret mi ediyorum?" diye sordu mağdur rolünde harikalar yaratarak. Selim'in en büyük özelliği de buydu, bir tartışmada galip gelemediği zaman hemen mağdur rolüne girerek dışarıdan izleyen diğer insanların desteğini almayı başarırdı, hatta bu konuda adeta bir sanatçı gibiydi. Bana karşı mağdur rolüne girmesi beni şaşırtmadı çünkü onun kullandığı yöntemleri ezbere biliyordum.

"Bence sen kendi hayatını yoluna koyamadığın için etrafındaki herkesi sorumlu ilan ediyorsun ve suçu kendin dışındaki her insanda arıyorsun. Önce kendine bakmalısın, acaba ben nerede yanlış yapıyorum diye düşünmeyi hiç denedin mi bilmiyorum."

"Bana ne kadar güzel akıl veriyorsun ya, hakikaten seni hayranlıkla izliyorum ve dinliyorum," dedi.

"Ben sana akıl vermiyorum sadece gördüklerimi söylüyorum, eğer acı gerçekler senin canını yakıyorsa ben ne yapabilirim?"

"Elbette sen haklısın, bütün konu benimle ilgili..."

"Biz niye dostuz?" diye sordum aniden.

"İşte en güzel soruyu sordun, senin gibi aşağılık bir adamla neden dost olduğuma dair en ufak bir fikrim yok," dedi.

"Madem aşağılık bir insan olduğumu düşünüyorsun neden hâlâ benimle görüşmek istiyorsun?" diye sorduğumda sanki cevabı hazır gibiydi;

"Çünkü sen asla olmaman gereken bir yerde ve asla görmemen gereken şeyleri gördün, seni kendime yakın tutmak zorundaydım."

Viskiyi yudumladıkça daha da dürüst bir tonda konuşmaya başlamıştı, artık dökülüyordu, kendimi sadece hayatın değil aynı zamanda gecenin akışına bıraktım. Belli ki bu gece herkesin eteğindeki taşları dökmesinin zamanı gelmişti.

"Ne yani, şahit olduğum bu olay sebebiyle benimle dost olmayı seçmiş olamazsın..."

"Senden her zaman nefret ettim," dediğinde buna gerçekten şaşırdım; çünkü Selim her zaman maske takan biriydi ve ondan asla bu kadar dürüst ve net olmasını beklemiyordum. Birdenbire her şeyi içinden geldiği gibi söylemeye başlaması beni şaşırtıyordu.

Şöyle düşündüm; *insan kendini nefrete teslim ettiğinde karşısındaki insana her şeyi söyleyebilir...*

"Bırak şimdi," dedim söylediklerini duymazdan gelerek, "Biz seninle çok şey yaşadık, bu kadar olay birer yanılgı olamaz."

"Ne yanılgısı?" dedi. Söylediklerimi artık anlamadığı her hâlinden belliydi, çok fazla viski içmişti ve alkol konusunda benim kadar dayanıklı değildi. Konuştukça gerçek kimliği ortaya çıkıyor ve maskesi düşüyordu. Bu durumdan memnun olmadığımı söyleyemem. Belki de artık gerçeklerle yüzleşme ve her şeyi açıkça teşhis etme zamanı gelmişti. Onca yıldan sonra, bana karşı beslediği gerçek duyguları görmeliydim.

Görmezden gelmek, insanın kendine karşı işlediği en büyük suçtur...

"Bak dostum," diye lafa girdim; "Ben seninle ilgili şahit olduğum olayları kendi zihnimdeki karanlıklarda sakladım ve seni asla yargılamadım. Neden biliyor musun?"

Sorgu dolu bakışlarını yüzüme dikti.

"Çünkü ben herkesi olduğu gibi kabul etmeyi küçük yaşlarda öğrendim. İnsanları değiştirmeye asla çalışmadım ve daha onları tanıdığım anda onlarla ilgili bir karar verdim."

"Ne kararı?" diye sordu.

"Kimilerini hayatıma aldım bazılarını da almak istemedim; çünkü onlar benim hayatıma uygun bir ruha sahip değildiler. İnsan kendi hayatıyla ilgili bir karar verir, bunu anlıyor musun?"

Sorumu anlamadan yüzüme bakıyordu.

"Hayat boyunca senin karşına insanlar çıkar ve sen seçimini yaparsın, hiçbirini hayatına almak zorunda değilsindir ancak bazılarını gerçekte istemesen bile hayatına alırsın. İşte sen de bunlardan birisin..."

"Bütün bunlar yaptıklarını açıklamıyor," dedi.

"Ne yapmışım?" diye sordum Kız Kulesi'ni izlerken.

"Başka insanların hayatlarını perişan etmekten büyük bir zevk aldığını gayet iyi biliyorum Mert," dedi.

Bana ismimle pek hitap etmediği için bir an olsun şaşırdım çünkü yıllardır tanıdığım dostum bana aniden ismimle hitap etmişti.

"Ben, bana izin vermeyen kimsenin hayatını perişan etmedim," diye yanıtladım.

"Ben sana izin mi verdim?"

"Eğer başka bir insan, ben ya da başkası, senin hayatını perişan ettiyse sen buna izin vermiş olmalısın," dedim.

"Ben sana nasıl bir izin vermiş olabilirim?" dediğinde hiç düşünmeden onu yanıtladım;

"Ben senin hayatına zarar verecek hiçbir şey yapmadım."

"Bundan emin misin?" diye sordu.

"Tamamen eminim," dedim, "Ben sana asla zarar vermek istemedim. Sen kendin benim hayatıma girmek istedin, üstelik benim asla şahit olmak istemediğim bir olay sebebiyle..."

"Bu olay yıllar öncesinde kapandı," dedi.

"Ne yaşadığını sen benden daha iyi biliyorsun."

"Ne yaşadıysam kendi tercihimdi ve bu benim hayatım, sen asla buna müdahale edemezdin veya beni yargılayabilecek bir insan değilsin. Sen kendin, insanlara her türlü kötülüğü yapan pisliğin tekisin."

"Madem böyle biriyim neden hâlâ benimle irtibat halindesin?"

"Dünyada iyi bir insan yok, ben de seni böyle kabul ettim ama benim hayatıma dokunmana ve her şeyi berbat etmene asla izin veremem," derken viskisinden bir yudum daha aldı.

O anda o da Kız Kulesi'ne bakıyordu; ikimiz de aynı manzaranın karşısında oturuyorduk ancak ikimiz aynı adamlar değildik. Ben ondan ne kadar farklı olduğumu gayet iyi biliyordum fakat o ister istemez kendisini benimle kıyaslamaya devam eden bir adamdı. Ne kadar garip; bazı adamlar kendilerini ömür boyu asla onun gibi olamayacakları başka bir adamla kıyaslıyorlar, buna anlam veremediğimi itiraf etmeliyim.

Erkek dünyasında gizli bir kıyas vardır; kendini her şeyi başarmış o diğer adamla kıyaslarsın, onun neden her şeyi başardığını ve senin yapamadığını anlamaya çalışırsın. Bir yerlerde büyük bir hata olmalıdır, sen de çalışıyorsun, emek veriyorsun ama onun gibi başarılı olamıyorsun, peki ama neden?

Genetik faktörünü düşünmezsin; onun genetik olarak binlerce yıldır atalarının taşıdığı genetik izlerle senden üstün olabileceğini asla düşünmezsin. İki erkek arasındaki rekabet işte böyledir; birisi her zaman üstündür ama aşağıda olan bunu asla kabul edemez ve her zaman diğerini aşağıya doğru çekmeye çalışır. Artık bununla yüzleşmenin ve aramızdaki her şeyi açıkça ortaya koymanın zamanı gelmişti. Bir an Selim'e baktım ve ona şöyle dedim:

"Lafı uzatmayalım, bana gerçekten öfkeli olmanın sebebi

nedir? Belki bunu söyleyerek konuyu netleştirmemizi sağlarsın?"

"Bugüne kadar başkalarına zarar verdiğini ve acımasızca davrandığını defalarca gördüm ama bunun bir gün bana yönelik olacağını hiç düşünmedim. Öyle bir an geldi ki seni boğmak, sonsuza kadar ortadan kaybolmanı sağlamak istedim; çünkü bunun herkese büyük bir iyilik olacağını düşündüm, ama sen her zaman kafana göre yaşamaya devam ettin."

Bir an sessiz kalıp bakışlarını yüzüme dikti sonra daha sakin bir ses tonuyla konuşmasını sürdürdü: "Tek bir hata yaptım, içindeki şeytanın benim hayatımı da perişan edeceğini hiç düşünmedim."

Anlamaz gözlerle ona baktığımı görünce kahkaha attı,

"Rol yapamıyorsun dostum, neden bahsettiğimi gayet iyi biliyorsun"

"Hiçbir fikrim yok," dedim

"Pelin'den bahsediyorum," dedi.

Erkeğin taktiği nedir? Sonuna kadar inkâr. Ben de alışık olduğum bu yöntemi denedim; "Ne olmuş Pelin'e?" diye sormak konusunda tek bir an olsun tereddüt etmedim.

"Bak dostum," dedi, "Karıma âşık olduğumu biliyorsun sana her zaman Pelin'e nasıl bağlı olduğumu söyledim ve onun da beni sevdiğini düşünüyorum ya da şöyle söyleyelim öyle düşünüyordum..."

"Ailenizde olup bitenler konusunda bana öfkeli olmanın sebebi nedir?" diye sordum.

"Sen benim karımı elimden almaya çalışıyorsun," dedi.

Burada rol yapmama gerek yoktu çünkü söylediklerine gerçekten şaşırdığımı itiraf etmeliyim. Benim Pelin ile evlenmek ya da onu kocasından ayırmak gibi en ufak bir fikrim ya da planım yoktu. Tek yaptığım bu kadınla arada sırada yatmaktı ve aramızdaki seks güzeldi.

Bazen seks güzeldir ve o insana sadece ten uyumu sebebiyle bağlanırsınız...

Üstelik ben evliydim ve boşanmayı kesinlikle düşünmüyordum, yaptığım kaçamakları karımın öğrenmesi benim açımdan hiç de akıllıca bir durum değildi. Dolayısıyla evli bir kadını erkeğinin elinden almak belki de en son düşüneceğim şeydi. İşte tam da bu noktada Selim'in ne demek istediğini artık anlamıyordum.

Bakışlarımdaki soru işaretini görünce açıklama gereğini hissetti, "Bak Mert, ben senin nasıl bir adam olduğunu biliyorum ancak benim hayatıma müdahale edemezsin ve karımı elimden almana asla izin vermem."

"Bunu nereden çıkardın?" diye sorma gereği hissettim.

"Nereden öğrendiğimi boş ver; sen sadece söylediklerimi yap ve karımdan uzak dur çünkü eğer onunla yakın iletişimde kalmaya devam edersen buna tepki vermek zorunda kalabilirim."

"Böyle bir şey yok ama tepki derken tam olarak neden bahsediyorsun?" diye sordum. Bu pisliğin beni ne şekilde tehdit ettiğini anlamak istiyordum.

"Sana zarar vermek istemiyorum," dedi.

Gülmeye başladım; kendimi tutamıyordum kahkahalar birbirini izledi. Birlikte geçirdiğimiz onca yıl süresince aşağılık ve zavallı olduğunu açıkça gözlemlediğim böyle sefil bir ruhun beni tehdit etmesi komikti. Kendimi tutamıyor ve sürekli gülüyordum, bunu gören Selim viskisinden büyük bir yudum daha aldı. Kendini bir şey zannediyordu ve ben bunca yıldır onunla dostluğuma tek bir sebeple devam etmiştim; benden çok aşağılarda ve zavallı bir ruha sahip olması nedeniyle.

Başka hiçbir sebebi olmadığını o gece kendime açıkça itiraf ettim.

"Sen mi bana zarar vereceksin?" diye sordum gözlerinin tam içine bakarak.

"Kendine çok güvenme," dedi bakışlarını ilk defa yüzüme dikerek; artık maskeler düşmüştü ve gerçek kötülük yemek yediğimiz masayı esir almıştı.

Ona herhangi bir tepki vermemi beklemeden sordu: "Karımla yatıyor musun?"

"Saçmalama," dedim konuyu dağıtarak; "Kafanda neler kuruyorsun sen? Eğer aramızdaki dostluğu bitirmek istiyorsan başkalarına bok atacak kadar küçülmek zorunda değilsin..."

Gülümsedi ve fısıldadı; "Sen nasıl bir şeytansın ki seninle yatan karımı bana savunan ve beni ikna etmeye çalışan bir adam haline geliyorsun?"

"Ben hiçbir konuda kimseyi ikna etmek zorunda değilim."

"Evet, beni ikna etmek zorundasın çünkü gerçekler ortaya çıktığında seni öldürmek istediğimi gayet iyi biliyorsun," dedi artık hiçbir şeyi saklamaya gerek görmeden.

"Demek konu buymuş," dedim, "Bütün konu senin bana karşı kıskanç tavırların ve beni öldürmek istemen, hepsi bundan ibaret..."

"Sen neler yaptığını gayet iyi biliyorsun," dedi.

"Senin kafanda kurduğun fanteziler benim suçum değil."

"Fantezi mi?"

"Evet fantezi," dedim, "Karınla beni düşünmek senin fantezin olsa gerek."

Yüzünde garip bir ifade oluştu ancak onu hemen sakladı. Öfkesine artık söz geçiremiyordu ve masadan üstüme atlamak üzereydi, onun o çocuksu hallerini görünce gülmemek için kendimi zor tuttum. Bir insanın karşımda bu kadar zavallı bir hale düşmesi midemi bulandırıyordu.

"En çok hoşuma giden ne biliyor musun?" diye sordu.

"Hoşlandığın şeylerle ilgilenmiyorum," diye yanıtladım umursamazca.

"Sana zarar verebileceğimi bir an olsun düşünmüyorsun," dedi.

"Senin vereceğin zararın üstüne sifonu çekerim," dedim ve onu tatmin edecek ölçülerde yanıtladım; "Seni tanıdığımdan beri aşağılık birisin ve bu konuda tek bir adım olsun mesafe alamadın; her zaman zavallı bir varlık olmaya devam ettin, şimdi de karını ortaya koyuyorsun. Oysa karın senin adını ağzına alamayacağın kadar düzgün birisi..."

"Demek karımı tanıyorsun," dedi.

"Onu tanımak zor değil," dedim, "Ama anlamadığım şey; senin gibi zavallı biriyle bu kadının ne işi olabilir? İşte bunu anlamıyorum."

"Ben seni nikah şahidim yapmış biriyim ve sen asla bu dostluğa sadık olmadın, bu hayatta sana gerçekten iğrenç bir insan olduğunu gösterecek bir ayna yoktur sanırım..."

"Neden bahsettiğini bile bilmiyorum," dedim ve ekledim, "Kumar bağımlılığın seni delirtmiş olabilir."

"İnsanın bağımlılıkları olabilir ama bu onun deli olduğunu göstermez," dedi, "Asıl delilik en yakınında olan insanlara bile zarar vermekten bir an olsun çekinmemektir. Eğer etrafında dostların yoksa hayat nedir ki?"

"Şu hâle bak," derken farkından olmadan sesimi yükselttim, "Selim Bey büyük ahlak dersleri veriyor, gerçekten göz yaşartıcı sahneler yaşanıyor. Hayat hakkında böyle dersler verdiğini bilmiyordum, keşke işe kendi hayatını düzeltmekle başlasaydın."

"Ben yirmi yıldır en yakınımda olan bir insana kazık atmayı düşünmezdim," dedi, "Hayat bizlere birilerini getirir ve o insanlar sebepsiz olarak hayatımıza girmezler, bunlar senin sözlerin değil mi?" derken bakışlarını bana yöneltti.

"Evet, benim sözlerim ancak bunları senden duymak bana enteresan geliyor," diye yanıtladım, "Ne zamandan beri kadınları etkileyen sözleri böyle yemek masalarına döküyorsun?"

"Sen oyunun kurallarını bozduğundan beri, çünkü mutlaka bir sınır olmalı..."

Yemeğim bitmişti, garsona işaret ettim ve hiç beklemeden hesabı getirdi. Selim tam karşımda sessizce beni izliyordu. Garsona kredi kartımla hesabı ödedim ve ayağa kalktım;

"Bir daha seni görmek istemiyorum, kendi karısına bunları yakıştıran bir insanla işim olmaz," dedim.

Bana cevap vermedi ve sadece gülümsedi.

Tam masadan ayrılırken, gayet düşük bir ses tonuyla ve bakışlarını boğazın lacivert gecesine dikerek şunları söylediğini duydum: "Sen nasıl bir adamsın biliyor musun? Bu konuda hiçbir fikrin olmadığına eminim, çünkü asla kendini dışarıdan göremiyorsun, ama sen bir gün bir yerlerde yapayalnız ölecek adamın tekisin... Şunu sakın unutma; *kötülüğün bile bir sınırı vardır...*"

İğrenç bir durum içinde olduğumu hissediyordum, en az yirmi yıldır hayatımda olan *dostumu* sadece iki saatlik bir diyaloğun ardından kapı dışarı ediyordum; üstelik suçluydum çünkü onun karısıyla yatıyordum. Kısa bir an için midem bulandı ama bozuntuya vermedim; neyse ki rol kesmeyi biliyordum.

Kalktım ve restorandan çıkarken valeye yüklü bir bahşiş bıraktım. Mekânın kapısına gece mavisi BMW aracımı getirirlerken bekledim, Selim'in arkamdan gelip gelmediğini görmek için birkaç defa arkama baktım ama onu görmedim. Vale arabamı getirip anahtarı verdiğinde kapıyı açtım ve bindim. Birkaç dakika bekledim ve süremedim, içimde yükselen nefret bulutu beni esir almaya başlıyordu. Aslında tek yapmam gereken bir an evvel oradan ayrılmaktı ama nedense bunu yapamadım ve şoför koltuğunda sessizce beklemeye devam ettim. Neyi beklediğimi bilmiyordum, sadece belirsiz bir duygu beni otoparkta tutmaya devam etti, adeta yerime mıhlanmış gibiydim, arabamın motoru çalışıyordu ama gaza basacak cesaretim yoktu. Söylediklerinin bir kısmı içime işlemişti çünkü haklıydı, ne yazık ki haklıydı...

Bunu ben de düşünmüştüm; seneler sonra yapayalnız bir otel odasında ölüp gitme ihtimali hiç aklıma gelmemişti desem büyük bir yalan olur. Karımın bana daha uzun yıllar boyunca katlanacağına pek ihtimal vermiyordum. Annem yaşlanıyordu ve babamın da bir ayağı çukurdaydı, Selim dışında yakın olduğum bir dostum yoktu ve onu sevdiğim bile söylenemezdi. Bu durumda etrafımda kim vardı? Kendim cevapladım; kimse yoktu...

Bir taraftan yalnız olmayı seviyordum çünkü kimse bana ayak bağı olmuyordu ama öte yandan bu kadar yalnız ve kimsesiz olmanın sağlıklı olmadığını da pekâlâ biliyordum üstelik yıllar içerisinde bana yakın olmak isteyen herkesi kendimden uzaklaştırmış olduğumun açıkça farkındaydım. Bir şeyler, içimdeki garip hisler, insanların midemi bulandırmasına sebep oluyor ve beni kendi izole alanıma hapsediyordu.

İnsanlardan kaçıyordum çünkü kendimden kaçıyordum...

Arabayı otoparktaki karanlık bir köşeye çektim ve kendimi pek göstermeden Selim'in restorandan çıkmasını bekledim; evet onun karısıyla yatıyordum ancak yine de onun masada beni böyle aşağılamasına izin veremezdim. Ben elde etmeye ve sahip olmaya alışkın biriydim ancak elde ettiklerim sebebiyle birinin bana ayar vermesi bana göre değildi. Onu cezalandırmak zorundaydım; tüm hücrelerimde bunu hissediyordum.

Selim beni fazla bekletmedi ve on dakika sonra restoranın ana kapısında göründü. Hemen aracını getirdiler, o anda dikkatli bakınca yüzünde sakin bir ifade olduğunu gördüm; sanki sonunda emin olmak istediği bir konuda emin olmuş, artık zihninde hiçbir tereddüt kalmamış gibiydi. Bu durum hoşuma gitmedi ve içimde tutmaya çalıştığım öfke iyice kabardı.

Arabamın kapısını açıp indim ve bagajı açtım. Vale ona arabasını verdikten sonra restorana girmişti ve ortalıkta kimsecikler yoktu.

Bunu yapmak zorundaydım...

Her zaman bagajımda tuttuğum beyzbol sopasını aldım ve onun Jeep arazi aracına doğru yürüdüm. Motoru çalıştırmıştı ancak gitmiyordu, aracına yaklaştığımda sol kapıdaki aynaya dikkatli baktım ve telefonla konuşmakta olduğunu gördüm.

Sonra, iyice yaklaştım ve şoför kapısındaki cama elimdeki sopayı indirdim, cam kırıldı ve Selim ani bir hamleyle kapıyı açıp dışarı çıktı.

Hayat ne kadar garip? *Beni gördüğüne hiç de şaşırmadı.*

Hiç tereddüt etmeden elimdeki kalın sopayı onun yüzüne indirdim, yere yığıldı. Arabasının kapısına yaslanmış yüzünü tutuyordu. Etrafta kimsecikler olmadığından emin olunca karnına doğru bir darbe daha indirdim, bu defa yere uzandı ve karnını tutmaya başladı.

Yirmi yıl boyunca en yakın dostum dediğim adamı öldürmek üzereydim, onu paramparça edebilecek kadar öfkeli olmam beni bir an için, birkaç saniye için şaşırttı ancak bu duygunun üstünde fazla durmadım çünkü göstermekte olduğum şiddetin esir edici gücü ruhumu teslim almıştı. Kendimi hem güçlü hem de üstün hissediyordum, o kanlar içindeydi ve sopa benim elimdeydi, hayat benim elimdeydi ve aramızdaki dostlukta kontrol her zaman bendeydi.

Hayatın kuralı budur; İlk hamleyi yapan her zaman kazanır. O gece, ilk hamleyi yapan bendim

Hiç beklemediğim şekilde ve beni dehşete düşüren bir ses tonuyla gülüyordu. İşte buna hazırlıklı değildim. Ona baktığımda bir süre sonra bakışlarını bana yönelttiğini gördüm ve şunları duydum;

"Karımla yaşadıklarınızı biliyorum; sen iğrenç bir şeytansın. Yaptıklarının cezasını çekeceksin Mert, bunu sakın unutma..."

Bu defa elimdeki kalın sopayı tam çenesinin üstüne indirdim; çünkü daha fazla konuşmasını istemiyordum, açıkçası onu öldürmek niyetinde değildim ama susturmak o an için gayet iyi bir fikir gibi görünüyordu.

Art arda darbeleri yiyince sesi kesildi ve arabasının yanında bayıldı.

Arkamı dönüp kendi arabama doğru yürüdüm, elimdeki elektronik anahtarla bagaj düğmesine bastım; bagaj hemen açıldı. Sopayı bagaja atıp kapısını kapadım, arabaya binip motoru çalıştırdım. Motorun güçlü sesi o anda çok hoşuma gitti.

Yavaşça gazladım ve tam Selim'in yanına geldiğimde durdum, yanımdaki koltuğun penceresini indirdim ve Selim'i yerde kendinden geçmiş halde yatarken bir süre izledim...

Pencereyi kapadım ve gazladım. Henüz içimdeki şeytan ile olan yolculuğumun sonuna gelmemiştim...

4

Ben kocama âşık olduğumu anladım...

Hayatta öyle garip anlar vardır ki, sahip olduğunu düşündüğün hiçbir şeye aslında sahip olmadığını tüm ruhunu ele geçiren bir keder ile fark edersin. Bu duyguyu kelimelere dökmekte zorlanıyorum. Daha önce ifade ettiğim gibi ben yalnızlığa alışık ve hatta yalnızlığı seven bir adamım ama yalnızlık kimi zaman benim ruhumun sınırlarını bile zorlamıştır.

Bazen yalnızlığa ait olduğumu düşündüm, küçük yaşlarda birlikte yaramazlık yaptığımız çocukları bile arkadaşım olarak göremezdim çünkü onlar sadece etrafımda dolaşan gereksiz varlıklar gibiydiler, hayatımdan çıktıkları anda yerlerine yenilerini koyabilirdim ya da böyle hissediyordum. Bu his bana bir çeşit güven veriyordu ve kendimi kimseye ihtiyacı olmayan çok güçlü bir adam gibi hissediyordum. Benim arkadaşlara ya da dostlara ihtiyacım yoktu, sadece işime yarayan insanları -o da bir süreliğine- hayatıma alır ve onlarla işim bittiği anda hayatımdan söküp atabilirdim; karar veren bendim ne de olsa bu benim hayatımdı.

Selim ile tam bir sene önce yaşadığımız bu gergin gece benim hayata olan bakışımı tamamen değiştirdi. Otoparktan ayrıldıktan sonra eve gitmeden en az iki saat İstanbul Boğazı'nda tur attım, bir düşünce beni sokaklarda tutuyordu, içimde gittikçe derinleşen ve beni yalnız bırakmayan, arabanın içindeki yalnızlığımın bile içine girebilen garip bir düşünce zihnimde yankılanıyordu...

Şöyle düşünüyordum: "*Elimde ne kaldı?*"

Yıllardır yanımda olan tek insanı da tartakladım ve bir daha geri dönüşü olmayan şekilde dostluğumuzu bitirdim. Eğer arabadan inip ona vurmasaydım belki yıllar sonra yeniden iki sohbet edebilirdik; fakat yerde yatarken bana bakıp nasıl gülümsediğini görmüştüm; bakışlarında nefret bile yoktu, asla anlayamadığım bir zafer duygusu vardı. Bana karşı galip gelmiş ve belki de sessizce hayatın sırrını çözmüş biri gibi bakıyordu.

Selim'i bir dost olarak kaybetmekten çok bu garip bakışları beni üzüyordu, nasıl olup da yerde yatarken bile bana gururla bakabiliyordu? Ayrıca, "Sen yapayalnız öleceksin," demesi neden beni bu kadar etkilemişti? Benim ruhumu bu kadar acıtacak kadar etkili konuşmayı nereden öğrenmişti?

Bazen birisi size bir kelime söyler ve tek kelimeyle ruhunuzda kurşun yarasından daha büyük yaralar açabilir; çünkü kelimelerin gücü diye bir şey vardır.

Kelimeleri doğru kullanarak başka insanları intihara sürükleyebilen seri katiller bile olmuştur.

"Seni sevmiyorum ve asla sevmedim, seni yıllardır kandırdım ve kullandım; aslına bakarsan seninle işim bitti artık hayatımdan çekip gidebilirsin." diyerek eşini intihara sürüklemiş bir adam katil değil midir?

Üstelik o gülümsemesi de neydi? Neden gözlerimin içine bakıp gülmüştü? Onun bildiği ve benim bilmediğim ne vardı? İşte bu sorulara yanıt bulmak için İstanbul'un karanlık sokaklarını arabamla turladım lacivert haziran gecesinde. Gitmek ya da varmak istediğim hiçbir yer yoktu, kendi ruhuma gitmek istiyordum desem o da yalan olur çünkü kendimle ilgili yeni bir şeyler keşfedecek cesaretim yoktu.

Bir ara, boğaz yolundan çıkıp Arnavutköy tepelerine çıktım, arabamla giderken camı hafif açtım ve kimsesiz sokaklarda yaza geçmekte olan ilkbaharın kokusunu aldım.

O anda "Ne kadar garip," diye düşündüm çünkü daha bir hafta önce güney yarım kürenin incisi Brezilya'da sonbahardan kışa geçmekte olan sokakların kokusunu içime çekiyordum. İki farklı duyguya sadece birkaç gün arayla geçmiş olduğumu fark edip arabamı *kısık ateşte* sürmeye devam ettim. Hız yapmam için bir sebep yoktu, gideceğim bir yer yoktu, hatta hayatımda bazen hissettiğim şekilde neden yeryüzünde olduğuma dair en ufak bir fikrim bile yoktu. Kendi varlığımdan şüphe etmeye başlamıştım, bu tip anlar insanın ölüme en yakın olduğu anlardır.

Ben neden yaşıyordum? Neden nefes almaya, yemeye, içmeye ve var olmaya devam ediyordum? Bunun gerçekten belirgin ve haklı bir sebebi var mıydı?

Bunları düşünürken aklımdan bir an olsun intihar düşüncesi geçmiyordu, sadece var oluşumu sorgulamaya başlamıştım, sıradan bir gece değildi, sıradan şeyler yaşanmamıştı. İnsanlar hayatınızdan çıkmaya başladıklarında bunun bir sonu yoktur, bir başladı mı ardı arkası kesilmez, uzaklara doğru gitmeye başlarlar, hangi uzaklar diye soracak olursanız belki başkalarına yakın ama sizden uzaklara doğru...

Arabamı Ulus'a doğru sürerken birden Selim'in o gece benden dayak yemeden önce söylediği başka bir cümle aklıma geldi ve ruhuma saplandı: "*Kötülüğün bile bir sınırı vardır...*"

Bu kadar doğru olmak zorunda mıydı?

Neden bazı gerçekler insanın canını bu kadar yakar ve onu nefessiz bırakır?

Selim ile yaşadığımız bu dehşet kavgadan bir hafta önce iş için Brezilya seyahatine çıkmıştım ve döner dönmez soluğu karısı Pelin'in yanında aldım.

Yatakta yine dehşet saatler geçirmiştik. Brezilya seyahatimin dönüşünde ona mesaj atarak yine her zaman buluştuğumuz otel odasında buluşmayı teklif ettiğimde kısa bir yanıt vermişti;

"Olur."

Buluşma saatini bile sormadı çünkü aramızdaki alışkanlıkları ezbere biliyordu. Her zaman olduğu gibi otel odasının kapısına geldiğinde kapıyı iki kez birkaç saniye aralıklı olarak tıklattı. Ben ondan önce odaya girmiş ve duşumu almıştım. Bornozla yatağa uzanmış onu bekliyordum. Zihnimdeki düşüncelerin tamamı seksle ilgiliydi, insani veya bilimsel anlamda düşündüğüm hiçbir şey yoktu, içimdeki sırtlanı sahneye çıkartacağım saatler birazdan başlayacaktı üstelik bu kadın benim yataktaki performansıma bayılıyordu. Onun bir başka erkekte bulamadığı hazzı ve tatmini bende bulması beni belki de başka her şeyden daha çok tahrik ediyordu.

Bir başkasının karısını tatmin etmenin dayanılmaz cazibesi... Her sırtlanın hayalinde olan fantezilerin başında geliyordu; bunu inkâr etmek imkânsızdır...

Kapı vurulduğunda kalkıp açtım ve daha ilk görüşte bu kadının bana daha önce hiç görmediğim bir ifadeyle bakmakta olduğunu fark ettim, onunla yüzlerce defa aynı odada buluşmuştuk ve her defasında odanın kapısını ona açıp göz göze gelmiştim ama daha önce bana böyle bir ifadeyle baktığını hatırlayamadım. Yüzünde tanımlanması zor bir anlam vardı, sanki şu yazıyı okur gibiydim: "Game Over."

İlk başta bir şeylere canının sıkılmış olabileceğini düşündüm ve pek oralı olmadım. Onu içeriye buyur edip omuzuna astığı çantasını umursamazca masanın üzerine bırakmasını izledim. Sonra siyah ceketini çıkardı ve içindeki beyaz bluzunun terden hafif nemli olduğunu gördüm. İstanbul o günlerde yaz mevsimine ilk adımlarını atıyordu ve buna rağmen neredeyse otuz derece sıcaklık vardı, odadaki klimayı daha o gelmeden çalıştırmak zorunda kalmıştım. Yaza merhaba diyorduk.

Terlediğini görünce duş almasını teklif ettim çünkü daha ben söylemeden ve yatağa gelmeden önce mutlaka sessizce duşa doğru yönelirdi ama bu defa, dedim ya, farklı davranıyordu. Bir an bana baktı ve sonra "Viski var mı?" diye sordu.

Şaşırdım ama ses etmeden mini dolaptan viski şişesini çıkartıp masanın üzerindeki bardaklardan birini ters çevirip içine viski doldurdum. Onun kadar sağlam viski içen bir kadını daha önce görmemiştim; daha doğrusu Pelin dışında viski içen bir kadını hayatımda hiç görmemiştim, karım Gül ağzına asla alkol koymazdı, şarap bile içmezdi. Bazen ben çok ısrar ettiğimde ve sadece bana eşlik etmek için bir kadeh kırmızı şarap içtiği olurdu.

Oysa Pelin, her durumda bir erkeğe eşlik edebilecek ve hiçbir eğlenceye hayır demeyecek kadınlardan biriydi. Bu özelliği beni etkiliyordu çünkü onun yanında hayatta olduğumu ve yaşadığımı hissediyordum. Bir başkasıyla, üstelik en yakın arkadaşımla evli olması umurumda bile değildi, tek bir defa ona dönüp "Neden o salakla evlendin" diye sormayı aklımdan bile geçirmemiştim çünkü Selim ile yaptığı bu evliliği onun hayatındaki ufak bir detay olarak görüyordum.

Onunla ilişkimiz Selim ile evliliğinin çok öncesine dayanıyordu, yatakta ayrılmaz bir ikili gibiydik, böyle muazzam bir ten uyumu insanın başına nadiren gelebilirdi. Kafa olarak uyumlu olduğunuz insanlar bulabilirsiniz ve onlarla dost olabilirsiniz ancak ten uyumu, işte bu eşsiz bir duygudur. Ben yıllar içerisinde çok sayıda kadınla yattım ve her türlü hazzı yaşadım ancak Pelin ile yaşadığım ten uyumunu hiçbir kadında bulamadım. Ona bu anlamda tamamen bağlıydım ve o da bunu bilecek kadar şeytan bir kadındı.

Daha kapıdan girer girmez bana yönelttiği bakışlarından, o akşamın diğer akşamlardan farklı olacağını hissetmiştim. Benle buluştuğu zamanlarda Selim'e farklı yalanlar söylemeyi bilirdi, hatta bazen bu konuda benden akıl aldığı olmuştu. "En yakın arkadaşım Merve ile akşam yemeğe çıkacağız," ya da "Biraz kendi başıma dolaşmak istiyorum," gibi... Onun yalnız dolaşması veya bir mekâna gidip kendi başına içmesi Selim açısından garip bir olay değildi çünkü kadın zaten böyle bir kadındı, yani daha evlenirken bu kızın böyle olduğunu, asi ve kendi başına hareket eden birisi olduğunu gayet iyi biliyordu.

Eşlerimizden uzakta kaçamak yaptığımız böyle akşamlarda birkaç kuralımız vardı, öncelikle en geç akşam saat onda evde olmalıydık; dolayısıyla genelde akşam üstü altıda otel odasında buluşuyorduk, günbatımından hemen önce...

O benim nelerden hoşlandığımı biliyordu; örneğin günbatımında cinsel birleşme benim en büyük zevklerimden biriydi çünkü ruhumda büyük bir değişim yaşanıyordu. Gün akşama dönerken renkler değişir, karanlık tüm sokakları esir alır. Ama sadece sokakları değil, aynı zamanda insan ruhunu da büyük bir otoriteyle ele geçirir ve insana kendini farklı hissettirir.

Belki çevrenizde vardır ya da siz de böyle biri olabilirsiniz; bazı insanlar ben gece insanıyım, geceleri kendimi çok daha iyi hissediyorum derler. Kendimi geceye ait hissediyorum diyen insanların sayısı hiç de az değildir. Ben araftayım, ne güne ne de geceye aitim, sadece günbatımı anında bedenimin ruhumla birleştiğini hissediyorum. Bu sebeple buluşmalarımız akşamüstü altı gibi gerçekleşiyordu, odaya geldiğinde hemen duşa girer yaklaşık on beş dakikada duş alıp yatağa gelirdi.

Bir başkasının kadını benim koynuma giriyordu. Belki de kimseye ait olamayacak kadar asi bir kadındı, bana da ait değildi, o kimsenin değildi, o sadece kendine özel bir kadındı. Bazı insanların kendine has bir tarzları vardır işte Pelin de böyle bir kadındı. Yine de ben keyfime bakıyordum ve o ateşli vücuduyla altımda kıvranırken onun sadece bana ait olduğunu hayal etmekten kendimi alıkoyamıyordum. Bu beni iyice coşturup tatmin konusunda zirveye taşıyordu.

Viskisini içerken bakışlarını benden kaçırdı ve aniden şöyle dediğini duydum: "Bu akşam bu odaya son kez geldim ve aslına bakarsan bu son derece garip bir duygu..."

Neden böyle dediğine bir anlam veremedim ve sadece gülümsedim.

"Anlamıyorsun değil mi?" diyerek kararlı bakışlarını dudaklarımda sabitledi. Zihninde kesin bir karar almış gibiydi, nedenini anlamadığım bir seviyeye gelmiş ve beni tam da o yükseklikten aşağıya atmak üzereydi. Buna hazır değildim, sadece iki gün önce Rio'dan dönmüştüm ve tek istediğim Pelin ile daha önce defalarca yaptığımız gibi seks dolu üç saat geçirmekti.

Bu durum hiç değişmiyordu, her buluşmamızda ortalama üç saat sevişiyorduk, ne eksik ne de fazla... Bence bir çiftin yapması gereken de budur, üç saat dolu dolu sevişmek ve en az üç defa deliler gibi boşalmak, ihtiyacınız olan ruhsal ve bedensel tatmini sağlayacaktır. Bu benzersiz bir topraklanma gibidir, rahatlarsınız.

"Bak Mert" diye söze girerek beni düşüncelerimden uzaklaştırdı, "En son üç ay önce yine bu otel odasında buluştuk. Bana mesaj attığında sana nasıl yanıt vereceğim konusunda kararsız kaldım, aslında buraya gelmek istemedim ve sessiz kalmayı düşündüm. Sana yanıt vermeyip bir daha seninle görüşmemek belki de en iyi tercih olacaktı ama bu senin zihninde bir açık kapı bırakabilir diye düşünerek sonunda gelmeye karar verdim."

Onu sessizce ve dikkatle dinlediğimi görünce anlatmaya devam etti: "Günah çıkartmaya çalışmıyorum çünkü bugüne kadar seninle yaşadığım her şeyden dolayı mutluyum, pişman olduğum hiçbir şey yok çünkü ben pişman olma duygusunu sevmiyorum. Bence insan yaşadığı her şeyin arkasında durabilmeli. Yıllardır evliliğimde eksik olduğunu düşündüğüm bazı duyguları dolduruyordun ve bir kadın olarak kendimi boşlukta hissettiğim için bu eksik duyguların yerini seninle doldurmak beni tatmin ediyordu."

Bu sözlerin nereye gideceğini merak ederek sessizce dinledim.

"İnsan bu hayatta zevk aldığı şeyleri yapmalı ve ben de seninle sevişmekten her zaman zevk aldım; bu konuda hiçbir sıkıntı yok. Geriye dönme şansım olsa seninle yaşadığım her şeyi yeniden yaşarım bir an olsun tereddüt etmem, ama sanırım buna bir son vermenin zamanı geldi."

Anlam veremeyen ve hatta onu pek de ciddiye almayan bakışlarımı görünce o da sakince gülümsedi ve gözlerini kırpıştırdı; "Şimdi buraya geldim çünkü son bir sevişmeyi ikimiz de hak ediyoruz, tekrar senin altında inlemeyi istiyorum, hatta bunu özlediğimi itiraf etmeliyim. Ama bu son olacak ve her şey burada kalacak..."

Bakışlarını sanki bir şey arar gibi otel odasının kirli köşelerinde gezdirdi, "Bu odayı da özleyeceğim, dile kolay beş senedir burada seks yapıyoruz," derken yüksek sesle kahkaha attı.

Bir yandan onun söylediklerinde gayet ciddi olduğunu anlamıştım, bir yandan da artık bana karşı hiçbir bağlılığı olmadığını bakışlarından görebiliyordum. Hangisi beni daha çok üzmüştü? Hangisi bir erkeği daha çok üzebilirdi?

Beni asıl üzen, bana karşı artık hiçbir şey hissetmiyor olması değildi; söylediklerinde tamamen ciddi olmasıydı. Her cümlesinde muazzam ve benzersiz bir kararlılık vardı, adeta hecelerine sinmiş bir kararlılık, kendisini cümleler daha ağzından çıkmadan belli ediyordu.

Bu noktada bir gözlemimi sizlere itiraf etmek zorundayım; bir kadın karar verdiğinde onu verdiği karardan geri döndürebilecek hiçbir güç yoktur. Kadınların biz erkeklerden büyük bir farkları vardır; onlar bir kararı taksitler halinde verirler; örneğin bir kadın kalbindeki adamı parça parça söker atar, adamın ruhu bile duymaz, kadının ruhunda ölmekte olduğunu asla bilemez...

Oysa kadın öyle bir varlıktır ki, her gün bir parça daha bitirir kalbindeki adamı ve kendini bu acıya alıştırır, her gün biraz daha acıyı ruhuna doldurur. Büyük bir acıyla aniden karşılaşmak yerine parça parça acıya alışmak sizce de daha akıllıca bir yöntem değil mi?

Bu anlamda kadınların savunma mekanizmasına her zaman hayran olduğumu açıkça itiraf etmeliyim; çünkü biz erkekler gibi acıya hiç beklemedikleri anda yakalanmıyorlar. Her şeyi içlerinde yaşadıktan ve tüm acıyı kabullendikten sonra ilişkiyi bitiriyorlar. Bunu bir erkek asla akıl edemez. Onun için boşanma yaşamış erkekler ortalama on sene daha az yaşıyorlar, boşanma ve benzeri travmalı ayrılıkların ardından erkeğin travması, dışarıdan pek görünmese bile, kadınlara göre çok daha derindir.

İşte tam da bu noktada aklıma başka bir soru geliyordu: Pelin beni hangi olayın ardından aklında ve kalbinde bitirmeye karar vermişti? Onunla her hafta buluşmuyorduk dolayısıyla kocasına yakalanma riski çok da fazla değildi; arada bir yaptığımız bu buluşmalar onu rahatsız etmiş olamazdı. En azından bunu bana daha öncesinde belli ederdi fakat üç ay önceki son buluşmamızda bu yönde hiçbir şey hissetmemiştim.

Onun hayatında başka bir gelişme olmalıydı, ama nasıl bir gelişme? Ona hiçbir şey sormamaya karar verdim, kendisi anlatırsa bunu dinleyebilirdim, çekip gitmeden önce neden hayatımdan ayrılmak istediğini söyleyecekti, bunu hissediyordum.

Duşa girdi. Müzik açtım, sevişirken müzik dinlemeyi ikimiz de seviyorduk ve tercihimiz klasik müzikten yanaydı, Chopin Piano Konçertosunu açıp telefonu yatağın yanındaki komodinin üzerine bıraktım. En az iki saat sürecek müziğin ardından jazz müzik listesi ekledim, üç saat boyunca bize fonda güzel parçaların eşlik etmesini istiyordum.

Duş almasını dinledim. Normalde yaptığından beş on dakika fazla duşta kaldı. Ben de bu arada kendimi yersiz düşüncelere bıraktım, bu kadında beni en çok etkileyen neydi, bunu merak edip düşünmeye başladım; vücudunun kokusu ilk sırada yer alıyordu.

Size erkekler hakkında bir sır verebilirim; bir erkeği en çok etkileyen şey birlikte olduğu kadının vücudunun eşsiz kokusudur, parfüm kokusu değil, ten kokusu. Etkiler çünkü eşsizdir, parmak izi gibidir, kimsede aynı kokuyu bulamazsınız. Aynı parfümü kullanan kadınlar aynı üniformayı giyen insanlar gibidir, oysa ten kokusu benzersizdir ve bir defa o kadının ten kokusuna alıştığınız zaman kimse sizi ondan kopartamaz. Ben âşık olduğum her kadına, eşsiz ten kokusu sebebiyle bağlandım, onun parmak izi beni ona bağladı.

Pelin'in ten kokusu ilk başlarda bana ağır geliyordu, kumral küt saçlarının altındaki boynunu öperek kokladığımda beni iten ve hatta ağır şeker kokusu içeren bir melodi burnuma doluyordu. İlk yattığımız zamanlarda kokusunu çok sevdiğimi söyleyemem ama zamanla başka bir kokuyu fark ettim, kasıklarındaki koku...

Bir kadının kokusu erkeği esir alır, ruhundaki en derin ve karanlık labirentleri bile ele geçirir. Bir erkek kendi karanlık odalarına giremez çünkü böyle bir cesareti yoktur, yaşadığı korkuları ve endişeleri geçmişinde bırakmaya çalışır, güçlü görünmek erkeğin doğasında vardır. Oysa hayatına giren kadın vücudunun eşsiz kokusuyla o erkeği esir alabilir. İşin en garip tarafı, kadınlar ten kokusunun erkekler için ne kadar etkileyici ve eşsiz olduğunu bilmezler ve ellerindeki bu gücü kullanmak akıllarından bile geçmez.

Duştan çıkmasını bekledim, yıllardır seks yapmamış bir erkeğin hayatındaki kadını beklemesi gibi. Çok garipti çünkü daha bir gece önce karımla yatmıştım ama aynı şey değildi.

Sorduğunuzu duyar gibiyim: *Neden aynı şey değildi?*

Çünkü aslında bana ait olmayan bir kadının, birkaç saatliğine bile olsa benim olduğunu düşünmek, erkekliğimi deliler gibi tahrik ediyordu. Kendimi tam bir erkek gibi hissediyordum. Kimse yalan söylemesin, hangi erkek bir başkasına ait olana gözünü dikmemiştir?

Maksat aldatmak veya kaçamak yapmak değildi, tüm mesele o kadının benim altımda inlemesiydi. Ona zevk vermeyi seviyordum, dediğim gibi; duştan çıkmasını büyük bir zevkle bekledim. Yeniden onun üzerinde hakimiyetimi kurmak istedim.

Banyoda onun için astığım kırmızı bornozu giyerek duştan çıkmıştı. Bir an onu izledim, kısacık bir an ve sonra elimdeki viski bardağını ona kaldırdım. Gülümsedi ve yatağın tam karşısındaki koltuğa oturdu. Bornozunu bacaklarına örtüp bacak bacak üstüne atarak bakışlarını bana çevirdi. Benimle oynuyordu ve tüm diğer kadınlar gibi bir erkeğin arzularıyla oynamaktan keyif alıyordu. Yatakta uzanıp onu sessizce izledim.

Hayatta bazı anlar vardır, sözlere gerek kalmaz. Sadece sessizce izler ve *yaşadığınız ana şahitlik edersiniz*, her saniyeyi derin nefeslerle içinize çekersiniz. Ben de işte tam da böyle bir an yaşıyordum. Karşımda oturmuş olan kadının keyfine varmaya çalışıyordum üstelik birazdan yatakta yanıma uzanacaktı ve sımsıcak vücudunun içinde olacaktım...

Bir süre beni izleyip şöyle garip bir laf etti: "Bakışlarındaki arzu gerçekten korkutucu..."

"Benimle ilk defa yatmayacaksın," dedim.

"Sanki daha önce hiçbir kadınla yatmamış gibi bakıyorsun," dedi.

"Demek öyle..."

"Evet bakışlarındaki korkutucu havayı benim yerimde olup görmeni isterdim açıkçası..."

"Ne varmış bakışlarımda?"

"Tam bir sırtlan gibi bakıyorsun hayatım."

"O ne demek?"

"Biliyorsun işte," derken yüksek sesle bir kahkaha attı: "Cinsel anlamda asla gözü doymayan erkekler gibi bakıyorsun işte..."

"Saçmalama," derken ciddi bir tavrım vardı; "Kendine haksızlık ediyorsun, ben kadınlara aç değilim ama senin gibi bir kadına aç olabilirim..."

"Kelimeleri kullanmayı biliyorsun," diyerek bana gülümsedi.

"Belki de bunun için benimle yatıyorsun."

"Hiç alakası yok," derken yanındaki masada duran ve hâlâ dibinde viski olan bardağı eline aldı ve hepsini tek dikişte içti; "Ben seninle yatakta kendimi gerçek bir kadın gibi hissettiğim için yatıyorum."

"Ne yani beni beğendiğin için yatmıyor musun?" diye sordum.

"Seni beğenmek mi?" Abartmıyorum en az üç dakika kahkaha atarak güldü. Biraz şaşırdım ve sessizce bekledim, mutlaka bir açıklaması olacaktı. Nitekim, biraz sonra gerçek duygularını bana açıkladı;

"Ben seni asla beğenmedim, hiçbir zaman sana karşı gerçek bir şeyler hissetmedim; ama ne var ki aramızdaki ten uyumu beni sana bağladı. Sana karşı en başından beri ne hissettim diye soracak olursan, duygu dünyamda koca bir sıfır, yani hiç..."

"Bu durumda kadınlar hiçbir şey hissetmeden yatmazlar söylemi yalandan ibaret," dedim.

"Evet," dedi, "Benim için büyük bir yalan, ya da ben o kadınlardan değilim. Ben yatakta bana kendimi iyi hissettiren bir erkek ile yatabilirim ama bunu yapmam için ona âşık olmam gerekmiyor. Aslına bakarsan aşk diye bir şey yok, sadece seks var..."

Acımasızca konuşuyordu ve söylediği her cümlede sonuna kadar samimi olduğunu, benden sakladığı hiçbir duygu olmadığını bakışlarından bile görebiliyordum. Pelin öyle bir kadındı ki, filtresiz bir ruha sahipti. Tanıştığım ve yattığım onca kadın arasında yapmacık olmadan kendini bu kadar açıkça ve pervasızca ortaya koyabilen başka bir kadın görmemiştim. Ne benden ne de hayattan saklayacağı hiçbir şey yoktu ve onun bu özgüvenli hâli beni etkiliyordu. Kadınların benimle içlerinden geldiği gibi konuştuklarına pek şahit olmamıştım, işte bu nadir anları bana yaşattığı için Pelin'e bağlanmıştım ve ondan kopamıyordum.

"Benimle sadece seks için birlikte olduğunu itiraf ediyorsun demek..."

"Ne itirafı?" diye sordu.

Bir süre beni süzdükten sonra açıklama gereği hissetti: "Sen bunca yıldır bana bir şeyler mi hissettin yoksa. Hiç sanmıyorum. En azından bu konuda dürüst olabilirsin."

"Dürüst derken, ben sana hangi konuda yalan söyledim ki?"

"Bak Mert," diyerek bana sağ eliyle susmamı işaret etti; "Biz seninle bir ortaklık yaptık."

Bu hiç beklemediğim bir tanımdı: *Ortaklık...*

Neden bahsettiğini gerçekten anlamak istedim ve onu merakla dinlemeye başladım.

"Biz seninle bir ortaklık yaptık, buna seks ortaklığı diyelim. Ben evliliğimde bulamadığım tatmini ve hazzı seninle gidermeye çalıştım ve bunu kendim istedim yani sen beni hiçbir şey için zorlamadın dolayısıyla seni suçladığım hiçbir şey yok. Hayatımda bugüne kadar tüm seçimlerimi kendim yaptım ve bence en aşağılık insanlar kendi yaptıkları yanlış seçimlerin maliyetini başkalarına yükleyen insanlardır. Benim böyle zayıf tavırlara ihtiyacım yok ve açıkça seninle geçirdiğim her deneyimin sorumluluğunu alıyorum."

Beyaz bornozuma tüm vücudumla sarılmış ve dikkatle

onun açıklamalarını dinlemekte olduğumu görünce büyük bir cesaretle konuşmasına devam etti:

"Ben geçenlerde neyin farkına vardım biliyor musun?"

"Hiçbir fikrim yok," diye fısıldadım onunla sevişmeden hemen önce. Evet, itiraf ediyorum ki o konuşurken aklımda sadece onunla sevişme sahnelerim vardı. Ne söylediği ya da neyi anlatmak istediği umurumda bile değildi. Ben sadece konuşmasını bitirmesini ve karşımdaki koltuktan kalkıp yanıma gelmesini bekliyordum ama sessizce dinlemeye devam ettim;

"Ben Selim'e âşık olduğumu fark ettim..."

İşte bunu beklemiyordum ve kendimi tutamayarak kahkaha attım. Bana hiç de inandırıcı gelmemişti, evlendiğinden beri kocasına sadık olmayan bu kadın aniden ve sebepsizce kocasına âşık olmuş olamazdı. Bana kalırsa sadece saçmalıyordu.

"Ben kocama âşığım, bunu aniden fark etmek beni rahatlattı ve hayata farklı bir gözle bakmamı sağladı."

Gayet ciddi bir ses tonuyla ve bozuntuya vermeden sordum: "Bunu nasıl anladın peki?"

"Geçenlerde bir akşam salonda onunla film izlerken anladım."

"Şaka yapıyorsun," dediğimde bana tüm detayları açıklama gereği hissetti: "Bak biz film izliyorduk, ne olduğunu bile hatırlamıyorum çünkü saçma sapan bir filmdi. Asıl mesele film değil, onun bir ara bana söylediği bir söz her şeyi anlamamı sağladı."

"Ne söylemiş ve seni aniden kendine aniden âşık etmiş olabilir ki?" diye sordum ancak o beni artık duymuyordu.

"Ben filmi izlerken bir boşanma sahnesi gördüm ve acaba biz de günün birinde boşanır mıyız diye sordum. Bu soruyu kasıtlı olarak ve planlayarak sormadım, sadece filmdeki sahneyi görünce gayriihtiyarı olarak bu ihtimal aklıma gelmişti. O da kısa bir an bana bakıp kumandayı aldı ve filmi durdurdu, sonra bana şöyle dedi:

"Ben senden asla boşanmam çünkü sana deliler gibi aşığım. Şartlar ne olursa olsun seni bırakmam, beni aldatsan bile..."

"Bu adam bana neden aldatmaktan bahsediyor?" diye geçirdim içimden ama yine de seninle olan ilişkimi bildiğini bir an olsun aklımdan geçirmedim ama o konuşmaya devam etti;

"Bundan sonra Mert ile görüşmeni istemiyorum. Bundan önce yaptıklarınız umurumda bile değil ama bundan sonra sadece ve sadece benim kadınım olacaksın," derken Selim'in gözlerinden yaşlar dökülüyordu.

Bir an için yutkundum ve ona bozuntuya vermeden durumun ciddiyetini kavradım ancak Pelin'i dikkatle dinlemeye devam ettim.

"Bugüne kadar kocamın ağladığına hiç şahit olmamıştım ve gerçek şu ki gözlerinden yaşlar dökülmesine rağmen yüzünde gayet ciddi bir ifade vardı. Ağlıyordu ama sanki ağlamıyor gibiydi; üstelik söylediklerinde gayet ciddi olduğu her halinden belliydi."

Elindeki bardağa yeniden doldurduğu viskiyi tek dikişte midesine indirip anlatmaya devam etti: "Kocamın bakışlarındaki bir ifade beni çok etkiledi. Bunca yıllık anlamsız bir evlilikten sonra bana hâlâ deliler gibi âşık olduğunu bakışlarında gördüm. Bana göre anlamsız bir evlilik olabilirdi ama bu adam beni açıkça seviyordu. Yoksa hangi erkek karısının ilişkisini bilmesine rağmen onunla evliliğine devam eder?"

Derin bir nefes alıp kocasıyla arasında o akşam olup biteni anlatmaya devam etti:

"Film bitti. İkimiz de televizyonun karşısında sessiz kaldık.

O benim seninle yaşadıklarımı biliyordu, nasıl öğrendiğini bilmiyorum, ben de onun bana hâlâ âşık olduğunu biliyordum. Bir an için düşündüm ve bu his hoşuma gitti. Tüm yaptıklarıma ve günahlarıma rağmen bir erkeğin beni deliler gibi sevmesi bence benzersiz bir duyguydu. Üstelik çocukluğunda baba sevgisini hiç tatmamış bir kadın olarak, bir erkek tarafından böyle derinden sahiplenilmek beni adeta sarhoş etti."

Arkamda, yatağın üzerindeki yağlı boya tabloya bakarken bir an için gülümsedi ve ruhunda artık tutamadığı kapıları açtı; "Gerçekten sevmek bu değil midir? Bir insanı olduğu gibi kabul etmek ve tüm günahlarıyla hayatına almak, işte bunu hissetmek beni gerçekten sevdiğine ikna olmamı sağladı. Meğer ben daha önce onun beni gerçekten sevdiğine inanmamışım, istediğim ve hayatta aradığım sadece saf ve tertemiz bir sevgiymiş. Ama ben bunu nereden bilebilirdim ki? Hayatımda kimsenin beni gerçekten sevebileceğini düşünmemiştim, yaşamadığım bir duyguyu nereden tanıyabilirim? Bir insanı seversin ve sana sadık olmasını beklersin, bazı şartların vardır ve bunları yerine getirmezse artık ona karşı bir şey hissetmezsin; oysa bir insanı tüm hatalarına ve günahlarına rağmen hayatından çıkartmayı bir an olsun düşünmemek ve deliler gibi sahiplenmek, işte bunun aşk olduğuna inanırım, üstelik hayatımda bir daha asla bulamayacağım kadar büyülü bir aşk."

Hayatımda duyduğum en derin nefesi alıp otel odasında artık aramıza girmiş olan boşluğa doğru bıraktı: "Ben bir adama ait olmanın ne demek olduğunu bu yaşımda anladım..."

"Sen tam olarak neden bahsediyorsun?" diye sordum çünkü bütün bu anlattıklarına herhangi bir anlam veremiyordum. İlk başta benimle dalga geçtiğini düşünürken şimdi o karşımdaki koltukta kırmızı bornozuyla oturmuş her şeyi büyük bir ciddiyetle anlatıyordu. Gözleri hafif ıslanmıştı.

Daha o cevap vermeden ekledim: "Ne yani aramızdaki her şey bitiyor mu?

"Sence de bitmesi gerekmiyor mu? Sen asla karından boşanmayacaksın ve beni de deliler gibi seven bir kocam var. Bu durumda her şeyi bitirmemiz en akıllıca çözüm olacaktır."

"Bunu yapmak zorunda değiliz," dedim onun söylediklerini duymazdan gelerek.

"Hiçbir şeyi yapmak zorunda değiliz ama mesele zorunda olmak değil. Ben o gece yanımda oturan adamın beni gerçekten derinden sevdiğini ve bana âşık olduğunu anladım. Bugüne dek gerçek sevgiyi hiç böyle derinden hissetmemiştim ve hayatta sadece bir defa gelen böyle bir fırsatı kaçıramam."

"Sen ne fırsatından bahsediyorsun?" diye sordum.

"Sevgi bir fırsattır Mert," dedi otel odasının penceresinden Ortaköy manzarasına bakarak.

"İnsanın başına belki bir veya iki defa gelir çünkü kimse gerçekten sevemez. Ben yıllardır anlam veremediğim bir evlilik içindeydim ve aslında bu adamla neden evlendiğimi bile bilmiyordum ama bir gece ansızın anlıyorum ya da farkına varıyorum ki bu adam beni deliler gibi seviyor."

"Bizi nasıl öğrenmiş olabilir?" diye sordum asıl merak ettiğim noktaya işaret ederek.

"Bu konuda hiçbir fikrim yok," diyerek kestirip attı ve sonra birkaç saniye boyunca bana garip bir bakış attı. Bakışlarında "Bütün bu anlattıklarım arasında sen bu noktaya mı takıldın?" der gibi bir ifade vardı.

"Peki kocanın sana böyle âşık olduğunu görmek mi seni ona âşık etti?" diye sordum.

Bunu gerçekten de merak etmiştim.

"Hayır," diyerek kestirip attı; "Beni âşık etmedi, bana kendimi ona ait hissettirdi. Hayatımda ilk defa bir erkeğin beni tüm yapıp ettiklerime rağmen hâlâ seviyor olması ve benden ayrılmayı bir an olsun aklından geçirmemiş olması, evet bu durum ona ait olduğumu bana hissettirdi..."

Kadınların duygu dünyasını anlayabilmek bir erkek için her zaman imkânsızdır ama benim için her zaman olduğundan daha imkânsızdı. Sessizce onu dinlemeye devam ettim:

"Benimle çocuk yapmak istiyordu ve onu her zaman reddettim, çocuk isteğini erteledim. Daha otuz beş yaşımdayım ve rahatlıkla anne olabilirim. O gece Selim ile enfes bir seks yaptık çünkü yıllar sonra ilk defa hem ruhumu hem de bedenimi yatakta ona verebiliyordum. Bunu uzun zamandır yaşamamıştık, çünkü beni sahiplendiğini uzun zamandır hissetmiyordum. Sahiplenilmek beni deliler gibi tahrik etmişti."

Buna inanabilirdim çünkü bir kadın için sahiplenilme duygusunun ne kadar önemli olduğunu gayet iyi biliyordum.

Benim onu sessizce dinlediğimi ve yüzündeki mimikleri izlediğimi fark edince açıklama gereği hissetti: "O gece yatakta kocamla sevişirken kesin bir karar verdim, seninle son bir defa birlikte olup kendimi tamamen ona vermek. Hatta sadece onunla yatmak ve tüm arzumla kocama ait olmak fikri zamanla beni sarhoş etti. Hep asi ve kontrol edilemez bir kadın olarak yaşamıştım ama belki de en güzeli bir erkek tarafından sevilmek ve sadece ona ait olmaktır, buna inanmaya başladım."

Anlattığı hiçbir şeyin benim için en ufak bir anlamı olmadığını ima edercesine sordum: "Yatağa gelmek ister misin?

Yerinden kalkıp yatağa doğru geldi ve yanıma uzanmadan önce bornozunu yere attı. Bu kadınla ilgili beni tahrik eden tek şey onun eşsiz ten kokusu değildi, bir de vücudunun esmer tonu beni benden alıyordu. Yattığım yerden onun başımı döndüren çıplak vücudunu izledim. Birkaç saniye ve sonra aynen bir kedi gibi yanıma uzandı.

Üstüne çıkıp tüm vücudunu kokladım, dilimle vücudunu yaladım ve sonra bakışlarımı ondan ayırmadan içine girdim.

"Demek kocana âşıksın," derken med cezire başlamıştım.

Bakışlarını benden kaçırıp inlemeye başladı. Ona sahip olurken bana gerçekleri söylemesini istiyordum, ona inanmıyordum çünkü bana kalırsa aslında kocasını sevmiyor ve sadece canımı acıtmak için zihninde kurduğu senaryoyu anlatıyordu.

"Seninle sevişirken bana bak," derken med ceziri hızlandırdım, bana bakmamak için o kadar ısrar etti ki sağ elimle çenesini yakalayıp gözlerime bakması için onu zorladım. Ben hızlandıkça vücudu titremeye başladı. Kafası yatak başlığına vurdukça hafif iniltiler çıkartıyordu. İşte böyle olmalıydı, onu şiddetle ve acımasızca düzmek benim ruhuma ilaç oluyordu. O kadar hızlandım ki sağ elinin işaret parmağıyla baş parmağını birleştiren kısmı ısırmaya başladı, bağırmamak ve oteli ayağa kaldırmamak için kendini ısrarla tutuyordu. Buna gerek yoktu çünkü onun altımda çaresizce bağırması beni zirveye taşıyacaktı; madem bunu son defa yapıyorduk o zaman ona ne kadar zalimce sahip olduğumu görmeyi hak ediyordum; sağ yanağı kızarmıştı, onu düzerken sağ elimle yüzüne şiddetli bir tokat indirdim, bunu daha önce de yapmıştık çünkü seks yaparken tokatlanmayı seviyordu. Tokadı yiyince bir an yeniden, eskiden olduğu gibi, kocasına âşık olduğu saçmalıklarını bana anlatmadan önceki buluşmalarımızda olduğu gibi, ruhunun derinliklerinde sakladığı şeytani tutkulu kadının bakışlarını gözlerinde gördüm. O kadın düzülmekten deliler gibi hoşlanıyordu, üstelik hem düzülmekten hem de dayak yemekten ne kadar hoşlandığına defalarca şahit olmuştum ve bunu bildiğim için Pelin'in ruhundan yeniden o şeytanı çıkartmak için onu şiddetle tokatlamanın iyi bir fikir olacağını biliyordum.

Artık altımda inleyen kadının bakışlarında o şeytani arzu nesnesi vardı ve az önce bana kederle kocasına olan aşkını anlatan kadından eser yoktu, nereye gitmişti o masum kadın?

Bir insanın ruhundaki karanlık ortaya çıktığında aydınlık taraf nereye kaybolur?

İçimizdeki kötülük, eğer gerçekten kötülük diye bir şey varsa ve her şey göreceli değilse, kontrolü tamamen ele aldığında iyiliğe mola verip kendimizi gerçekten yaşıyor gibi hissetmemizin sebebi hepimizin birer şeytan olmamız değil midir? Melek olduğumuzu iddia etmemize rağmen aslında birer şeytan olduğumuzu ne zaman kabul edeceğiz?

Ani bir hareketle omuzlarımdan tuttu ve üste geçmek istediğini anladım, hemen yatağa uzandım. O kadar hızlı bir manevra yaptık ki tamamen birleşmiş olan ruhlarımız bedenlerimizin de ayrılmasına izin vermedi. Daha önce bir kadının içinden çıkmadan üstünden altına geçmemiştim, ne de bir kadın beni içinde tutarak altımdan kucağıma geçmişti. İnanılmaz bir akrobasi yaptığımızın farkına bile varmadan sekse devam ettik. Artık biz biz değildik, artık biz ruhani olarak çıldırmış ve arzunun esiri olmuştuk. Bu durumda onun aşk saçmalıklarına karşılık ben haklı oluyordum çünkü ben gerçekleri savunuyordum; bana göre insan ruhuna sadece şeytan hâkim olabilirdi ve onun ortaya çıktığı iki temel an vardı: Cinsellik ve şiddet.

İnsan ruhu ne kadar garip; seks yaparken aklından neler geçiyor, bana kalırsa hepimiz bir miktar deliyiz, yeter ki dozunda olsun...

Kendimi hayatta hissettiğim iki an bunlardan ibaretti; seks ve şiddet. Daha birkaç gün önce, Pelin ile otel odasındaki sevişmemizden üç gece önce, diğer zevki yani kan ve şiddeti Brezilya sokaklarında yaşamıştım. Bir an düşündüm, hangisi bana daha çok zevk veriyordu? Şiddet mi yoksa seks mi? Yoksa seksin içine bir miktar serpilmiş olan şiddet mi?

Özellikle de Pelin gibi bir kadın bana şiddet kullan dediğinde yatakta çıldırıyor ve kendimi tamamen kaybediyordum. Bunu engellemenin bir yolu yoktu, artık ben olmuyor ve tamamen içimdeki potansiyel canavar haline dönüşüyordum, bunun bana verdiği zevki anlatmak pek kolay değildi. İnsan, kendisi olmayı bıraktığında yani kendini kaybettiğinde bir başka varlık hâline dönüşür, peki o başka varlığı yine kendisi olarak anlatabilir mi? Hayır, ben bunu yapamam. O başka varlığı, dönüştüğüm o şeytani canavarı tanımlayamıyorum. Onu tanımıyorum zaten beni de bu dehşete düşürüyor, tanımadığım o varlığa dönüşmek ve birkaç dakikalığına bile olsa bedenimde başka bir varlığın hüküm sürmesine izin vermek.

O akşam otel odasında kucağıma çıkan Pelin ani bir hareketle sağ eliyle saçlarındaki tokayı açtı ve tüm saçlarını sallamaya başladı. Kucağımda zıplarken deliler gibi bağırıyor, artık kendini tutmuyor ve saçlarını omuzlarıma vuruyordu. Hiçbir porno filminde bu kadar gerçekçi ve ödül kazanabilecek kadar azgınca sahneler olduğunu düşünmüyorum. Rakipsizdik.

Her güzel şeyin bir sonu vardır; o da inleyerek kucağımdan indi...

Yatakta yanıma uzanırken deliler gibi nefes alıyordu.

O şeytani kadın gitmiş ve tanıdığım Pelin geri gelmişti. İnsan seks sırasında boşaldığı anda yeniden normale dönüyordu ve anladım ki seks sırasında dönüştüğümüz bu azgın yanımıza birkaç dakikalığına dahi olsa sığınıyorduk. Biz aslında kendi normal hallerimizden kaçıyorduk.

Her bağımlılık bir kaçış değil midir? İnsanlar dertlerinden kısa süreliğine kaçmak için sigara veya alkol içerler, kimileri de sıkıcı buldukları hayatlarından birkaç saatliğine kaçmak için kumar oynar ve hücrelerine dolan adrenalinin keyfini çıkarırlar.

Ben de sekse kaçıyordum ve bunu yaparken hem kendimden kaçıyor hem de aslında yalnız olmadığımı görerek rahatlıyordum, nasıl mı?

Size kısaca anlatayım. Ben özümde, ruhumda kötü bir insan olduğumu biliyordum, başka insanlara göre daha kötüydüm ama belki de kimilerine göre bir melektim. Asıl mesele şurada, ben seks yaparken yatağa attığım kadının içindeki kevaşeyi çıkartıp aslında onun da özünde şeytani bir ruha sahip olmasını sağlıyordum, bu bana herkesin özünde kötülük olduğunu gösteriyordu ve işte bunu gördüğüm anda kendimi artık yalnız hissetmiyordum.

Bu anlatım yeterince açık oldu mu?

"Bir daha asla o kadını görmeni istemiyorum," diyen Pelin düşüncelerimle arama girdi; "Beni nasıl izlediğini ve içimdeki fahişeye nasıl âşık olduğunu gördüm ama o kadın beni korkutuyor, bence seni de korkutmalı..."

Beni tedirgin eden bir gülümsemeyle "Sen de bundan sonra Gül ile mutlu olursun," dedi.

Sonra bana sarıldı ve yanağıma ıslak bir öpücük kondurdu. Dışarıda akşam geceye dönüyordu ve en geç saat onda evde karımın yanında olmalıydım.

Bir şey artık size ait olmadığında, avucunuzun içinden kayıp gittiğinde, neden dünyanın en değerli şeyi hâline gelir?

Bunu bilmiyordum. Yaşamaya devam ediyor ama aslında hiçbir şey bilmiyordum...

5

Rio'da yaşadığım dehşet gecesi...

Pelin ile son sevişmemizden ve hayatımdan sonsuza kadar çıkıp gitmesinden sadece birkaç gece önce Rio'daydım. Hani derler ya, hayatta her şey üst üste gelir ve seni esir alır, hayatını alt üst eder, işte sanırım ben de öyle bir süreç yaşıyordum. Aslında böyle süreçlerin iyi bir tarafı da vardır, bakış açınızı değiştirir ve bir çeşit farkındalık yaratır, tabi farkındalık denen kavram sadece bunu anlayabilecek insanlar için geçerlidir çünkü herkes bu olgunluk seviyesinde değildir.

Ben başıma gelecek olaylara henüz hazırlıklı değildim; ama bir insan ne zaman hazırlıklı olabilir ya da hazır olduğunuzda başınıza gelen bir olay size yeterince ders verebilir mi?

İmkânsız.

Bir şeyleri anlayabilmek adına olayları acımasızca yaşamak gerekiyor, ben de bu sürecin içerisine girmekteydim, Brezilya'daki iş seyahatim sırasında olanlar aslında sonraki birkaç gün içerisinde tüm hayatımın değişeceğini gösteriyordu ama ben sinyalleri almak konusunda pek de istekli değildim. Bugün duyarsızlığımın sebebini düşündüğümde şu gerçekle karşılaşıyorum; Konfor alanımı kaybetmek istemiyordum, hepsi buydu...

Bu satırlara gelene kadar size mesleğimle ilgili pek bir bilgi vermediğimin farkındayım; çünkü her şeyin bir zamanı vardır, işte şimdi size işimle ilgili biraz bilgi vermek zorundayım çünkü Brezilya seyahatim tamamen bir iş gezisinden ibaret olacaktı, en azından böyle planlanmıştı ama hayatta planlandığı şekilde giden hiçbir seyahat yoktur, hatta yaşamın kendisi bile planlı ve düz bir çizgide ilerlemez çünkü gizli labirentlerinde kaybolmadıktan sonra yaşamın pek bir anlamı yoktur. Kimi insanlar için yaşadığımız bu boyutun eğlenceli olmasının sebebi de budur, ama nasıl bir eğlenceden bahsettiğimize bağlı öyle değil mi?

Bazı eğlenceler insanı ruhen ve bedenen bozabilir ve kişi bir daha asla aynı insan olmayı başaramaz... Ben de işte böyle bir tecrübeyle karşılaşmak üzereydim.

Ben reklamcıyım. Türkiye'nin önde gelen gıda markalarının reklam çalışmalarını alıyorum ve yıllarca süren sözleşmeler imzalıyorum, markanın tüm reklam çalışmalarını yirmi kişiden oluşan ekibime veriyorlar. Yaratıcı ekip dışında çalışanlarla birlikte elli kişiyi besliyorum, her ay maaşlarını düzgün bir şekilde ödüyorum ve iş hayatımda neredeyse "ahlaklı ve ciddi" bir iş adamı olarak tanınıyorum. İş hayatımda ciddi çalıştığım için bunun zenginliğini kazanıyorum ve özel hayatımda istediğim şekilde yaşıyorum, eğer ciddiyeti bir an olsun elimden bırakacak olsam, sahip olduğum her şeyi hızla kaybedeceğimi biliyorum, bunun farkına çok erken yaşlarda vardım ve kendime bir söz verdim: Ne kadar rezil bir hayat yaşarsan yaşa iş hayatında her zaman ciddiyetini koru ve kurallarından asla taviz verme. Bu kural benim için önemliydi çünkü başarılı hayatları ayakta tutan sınır çizgileri vardır, işte bunu anlamıştım.

Rio de Janeiro'da bir reklam firmasıyla ortaklık yapmak

için bu seyahati planlamıştım ama aynı zamanda evdeki huzursuz ortamdan birkaç günlüğüne uzaklaşmamı sağlayacaktı; karım Gül bana açıklamadığı bir sebeple gergindi ve kesinlikle konuşmayı kabul etmiyordu. Evliliğimizin başından beri her konuda açık iletişimi savunan ve bana her şeyi olduğu gibi anlatmayı seven karımın birden benden adım adım uzaklaşmaya başlaması dikkatimi çekmişti ama görmezden geldim ve pek oralı olmadım. Umursamaz davranmak, en çok dikkatimi çeken konuda bile sanki hiç önemli değilmiş gibi davranmak, ruhumu saran sırça köşkten dışarıya adım atmamak en büyük yaşamsal stratejilerim arasında yer alıyordu. Bu durumda sessiz kalmayı yeğledim ve son on gündür evdeki garip gerginliği göre göre Brezilya seyahatimi planladım.

Neden olmasın? Evliliklerde gerginlikler olabilir, öyle değil mi? Bunu yaşayan tek erkek ben değildim, zaten asıl garip olan her şeyin yolunda gitmesi olurdu, arada bir eşinizin trip atması ve tavırlı davranması normal bir olaydı. Ben de böyle düşünerek Gül'e seyahatimle ilgili kısaca bilgi verdim.

Rio seyahatimden bahsettiğimde yine garip bir davranışta bulundu ve hiçbir tepki vermedi. Belli ki dünyanın uzak ucuna gidecek olmam onu pek ilgilendirmiyordu. Belli ki benim suyum kaynıyordu ama hangi erkek, birlikte olduğu kadının kalbinde her geçen dakika bitmekte olduğunu fark edebilir? Ben bu kadar uyanık bir erkek görmedim ve ben de onlardan biri değildim.

"Ne zaman gidiyorsun veya ne kadar kalacaksın?" diye sorması gerekirken sadece "Tamam canım," demekle yetindi. Hepsi bu kadar.

Daha ne kadar sinyal alabilirdim? Ben hepsini görmezden geldim ve bavulumu hazırladım; hatta Gül bana bavulum konusunda sessizce yardım etti ve ben bu arada yatak odasında ona sarılıp yatağa doğru çekmeye çalıştığımda kibarca beni durdurdu ve özel döneminde olduğunu söyledi.

"Tamam," diyerek konuyu kapadım, ısrar etmeyi sevmediğimi biliyordu.

Karımın bu kadar sessiz ve ilgisizce bavuluma yardım etmesi ve hiç sorgulamadan beni on altı saatlik bir yolculuğa uğurlaması bende alarm zillerini çaldırmalıydı ama oralı olmadım, "Brezilyalı bir reklam şirketiyle ortaklık anlaşması imzalayacağız hayatım," dedim, "Şu anda ofiste işlerim müsaitken gidip bu anlaşmayı halletmek istiyorum, biliyorsun seyahatler için pek vaktim olmuyor."

"Eğer gidiyorsan mutlaka haklı sebeplerin vardır, ben seni sorgulayan bir kadın değilim; sağlıkla git gel canım," derken ağzından çıkan kelimeler ile gözlerindeki bakışlar arasında pek bir uyum yoktu. İçinden geçenler belli ki çok başkaydı ama bana asıl duygularını belli etmek istemediğini anladım.

Bavulumu hazırladıktan sonra ertesi sabah yola çıkmak üzere erken yatmak istediğimi söyledim ve her zaman olduğu gibi yatmadan önce duşa girdim. Ilık bir duş alıp uyumak en sevdiğim alışkanlıktı ve bazen duşta bana eşlik etmeyi severdi, bunu teklif ettim ve sadece onu yıkamak istediğimi, daha ileri gitmeyeceğimi söyledim ama buna da yanaşmadı ve "Sen duşa gir; çıktığında ben yatakta seni bekliyor olacağım," demekle yetindi.

Duşta sıcak suyun altında normalden fazla kaldım ve ruhumda yankılanmakta olan kötü sinyalleri algılamaya çalıştım, *bir şeyler ters gidiyordu...*

Bu konuyu fazla düşünmeden kendimi yolculuğa hazırlamaya çalıştım ve tüm vücudumu sabunladım. Brezilya'ya daha önce beş defa seyahat etmiştim ve bunların sonuncusu üç sene önceydi. Bu tip uzun yolculuklarda yalnız hareket etmeye alışkındım. Kendimi tamamen işime vermek istediğim için yanıma asistanım Gizem'i almıyordum. Bunun iki sebebi vardı, birincisi yanınızda bir kadın olduğunda bu kadın asistanınız olsa bile aklınızın onda kalması,; ikinci sebepse Gizem'in güzel bir kız olması. Onu yanıma alıp gittiğim Bodrum seyahatimde yaşadıklarımız iş gezisinden daha çok seks turizmine dönmüştü. Kız daha yirmi sekiz yaşında olmasına rağmen seks konusunda sınırsız davranıyordu ve patronunu baştan çıkarmayı seviyordu. Çılgınca sevişiyordu ve beni en çok tahrik eden şeyi istiyordu; şiddet.

Arkasına geçip kalçalarını tokatladığımda baştan çıkıyor ve deliler gibi inlemeye başlıyordu. Otelde ona ayrı oda tutmuştum ama benim odamdan hiç çıkmadı ve elbette ben de buna hayır demedim, genç bir kızın tadını aldığınızda buna hayır demeniz pek kolay değildir. Hakkını vererek üç gün boyunca seks tatili yaptık ve ben İstanbul'daki evime döndüğümde karım bana daha ilk baktığı anda bir şeylerin ters gittiğini anlayarak beni uyardı: "Bir daha asistanınla bir yerlere gitmeni istemiyorum, sanırım sizin aranızda bir şey var..."

"Saçmalama," dediğimde şöyle yanıtladı: "Bak hayatım, seni ruhunu okuyacak kadar iyi tanıyorum ve seks bağımlısı olduğunu biliyorum, kocam beni asla aldatmaz diyecek kadar salak bir kadın değilim ama asla buna göz yummam, bir daha o kızla hiçbir yere gidemezsin, seyahat edeceksen yalnız başına git. O kız da kendi yaşlarında birini bulsun."

Sonra o tanıdık kararlı bakışlarını yüzüme dikip şöyle dedi: "Evet bazen senden midem bulanıyor ama henüz iğrenmiyorum. İğrenmeye başladığım anda çeker giderim ve kesinlikle arkama bakmam. Bir daha sakın bana kendimi böyle hissettirme..."

Kadınlar anlarlar, daha ilk bakışta neler olduğunu görür ve bu konuda hiç tereddüt etmezler. Ben bir yandan çok zeki bir kadınla evli olduğum için mutluydum ama öte yandan bu kadının bir karar verdiğinde asla kararından dönüş yapmayacağını da biliyordum. Bu konuda şüpheye yer bırakmıyordu ve kesin bir dille konuşuyordu. Bazı kadınlar kocasının başka bir kadına baktığını gördüğü anda boşanmayı düşünürler ve hatta davayı açarlar; Gül gibi bazı kadınlar ise kocasının yıllar içinde nadiren yaptığı kimi yaramazlıklara göz yumar ama gerekli uyarıyı yaparlar; çünkü onların akıllarına gelen ilk ihtimal boşanma değildir. Tek bir yaramazlık olarak kaldığı sürece bunu unutmayı ve evliliği kurtarmayı tercih ederler. Ben iki kadın davranışını da anlayabiliyorum, bazı kadınlar fevridir ve en ufak bir hatada evliliği ateşe verebilirler, diğer kadınlar ise bunu yapmadan önce bir iki defa uyarmayı tercih ederler. İkisi de kendince haklı olabilir; ama ben bahsettiğim Bodrum gezisinden önce karımın eline pek malzeme vermemiştim ve yıllardır evli olduğumuz için daha ilk bakışta anladığı bu çapkınlığıma göz yummayı kabul etmişti. Yine de bu durumun bana maliyeti çok yüksek oldu; çünkü bana artık daha dikkatli gözlerle bakıyordu, evliliğimizdeki sahne ışıkları benim üzerimdeydi. Oysa onu ilk defa aldatmıyordum ama ilk defa tüm hafta sonu kırk sekiz saat boyunca bir kızın kanımı emmesine izin vermiştim, hani derler ya; *boşluğuma gelmişti...*

Ne sanıyorsunuz? Genç bir kız tarafından tercih edilmek olgun erkekleri etkilemez mi? Bu satırlarda tarif edemeyeceğim kadar baş döndürücü ve tahrik edici bir tercihten bahsediyoruz, yirmi beş yaşlarında taze bir güzellik ile hafta sonunu yatakta geçirmek, bunun daha ötesi var mı? Hayata dair sonsuz koşturmaca ve stres içinde kendimi yeniden güçlü ve arzu edilen bir erkek olarak hissetmek; işte bu duyguyu seviyordum.

Ben çevremde her çeşit erkeği gördüm ve dikkatle gözlemledim; her hafta sonunu başka bir kadınla geçiren evli erkekler gördüm, karısını neden aldattığını bile bilmeyen ama bu huyundan yıllardır asla vazgeçemeyen elli yaş üstü sırtlanlar gördüm, yılda bir veya iki defa sadece kendini şımartmak için güzel kızlarla kaçamak yapan usta sırtlanlar gördüm çünkü zampara aleminde en dikkatli olanlar ve yakalanma riski en az olanlar bunlardır. Yılda sadece iki defa zamparalık yapan bir adamın tek amacı, farklı bir his yaşamaktır. Evliliği çok mutlu olabilir ve hatta karısına âşık bile olabilir, ama konu ne olursa olsun rutine bindiği zaman erkek yeniden avcı ruhunu harekete geçirme ihtiyacını hisseder. Burada konu sadece seks değildir, aynı zamanda yeniden bir kadını tavlamış ve yatağa atmış olmak, o tarifsiz başarı duygusu, iş hayatında milyonlar kazandığında bile elde edemediği muazzam doyum hissi erkeğin zihnini ele geçirir. Yılda sadece bir veya iki kez zamparalık yapanlar, *nerede duracağını bilen adamlardır* ve onların diğerlerine göre çok daha zeki olduklarını düşünürüm.

Öte yandan hiç yapmayanlar vardır, asla zamparalık yapma cesaretini bulamayanlar. Evet sizi anlıyorum çünkü ne düşündüğünüzü duyar gibiyim; diyorsunuz ki "*Bir erkeğin sadık olması onun aslanlar gibi düzgün bir adam olduğu anlamına gelir,*" ama ben size bu konuda pek katılamıyorum çünkü size karşı dürüst olmak konusunda kendime ve size bir söz verdim. Her erkek yapısı gereği çapkınlık yapmayı düşünür, bunu mutlaka aklından geçirir, aklımdan asla karımı aldatmak geçmedi diyen bir erkek kesinlikle size yalan söylüyordur.

İşte tam da bu noktada erkekler ikiye ayrılırlar; aklından

geçirdiklerini uygulama cesaretini bularak adım atanlar ya da zamparalık yapacak cesareti asla kendinde bulamayanlar. Bu ikinci sınıfa girenleri de iki alt başlığa ayıralım: öncelikle rahatını bozmak istemeyenler gelir, bunlar evdeki rahat ve sıradan yaşamı benimseyerek elindekiyle yetinmeyi bilirler. Bu adamların evlilikleri, karıları onları dövmedikçe veya aldatmadıkça bozulmaz, aynen devam eder. Hatta bazıları vardır ki, karıları aldatsa bile ses çıkarmaz ve rahatlarını bozmak istemezler; "Ne var yani, karım hevesini aldıktan sonra bana geri döner," diye düşünen erkeklere o kadar çok rastladım ki gerçekten şaşırırsınız. Onların sayısı sizin tahmin ettiğinizden çok daha fazladır, bundan emin olun.

Asla zamparalık yapamayan erkekler ikiye ayrılıyorsa, ikinci gruba girenler ise karısından deli gibi korkan erkeklerdir, bunların arasında karısından şiddet görenler de vardır ve pek bilinmese bile Türkiye'de karısından şiddet görerek karakola sığınan erkeklerin sayısı oldukça fazladır, tahminlerden çok daha fazla sayıda.

Bu durumda, bir erkek çapkınlık yapmıyorsa ya rahatını bozmak istemiyordur ya da deliler gibi korkuyordur.

"Benim içimden gelmiyor, çünkü sadece karımı seviyorum ve onu arzuluyorum," diyen erkeklere ben inanmıyorum. Neden mi? Bu tip adamlar yok demiyorum, evet ben de gördüm ve gerçekten karısına âşık olduğuna da inandım ama ben kırk yılı geçen ömrümde bunlara sadece bir iki defa rastladığım için bir erkekten bunu duyduğumda bana inandırıcı gelmiyor.

Sadece derisini size değdirerek zehirleyebilen bir yılan türünün Arizona kırsalında olduğu söyleniyor, ama görmedikçe inanmazsınız öyle değil mi?

Her neyse, genç ve güzel asistanım Gizem'i bana kaldığım

otel odasını dar edeceği için Brezilya seyahatimde yanıma almadım. Bunun yerine, kendimi yalnız başıma Rio gecelerine bırakmaya ve hayatın bana getireceği olayları yalnız başıma yaşamaya karar verdim.

Yalnız olduğuma ve yanımda bir kadın olmadığına göre, başımı nasıl bir belaya sokabilirdim ki?

Bunları düşünerek yola çıktım, şoförüm Kemal beni havaalanına bıraktığında bir süre VIP Lounge'da vakit geçirdim ve sonra bizi uçağa aldılar. *Business class* dışında tercihim olmadığına göre benim için uzun ama rahat bir yolculuk olacaktı. Daha uçak kalkmadan aldığım gazeteleri okumaya başladım, bir süre sonra havalandık. Rio beni bekliyordu ama sanırım orada beni bekleyen sadece Rio değildi.

Vardığımızda Rio'da saatler gece yarısına geliyordu, şirket olarak anlaşmamız olduğu için her seyahatimde olduğu gibi yine Hilton'u tercih etmiştim. Atlantik manzaralı odamda bir süre lacivert gecenin aydınlattığı Copacabana plajını izledim. Dalgalar neredeyse sonsuz uzunlukta görünen plajı dövüyordu ve dolunay vardı, muazzam etkileyici gece manzarasına bir süre hayranlıkla baktım ve sonra cep telefonumdan karıma bir mesaj attım. İki tık olduğunu gördüm ve sonra mavi tık oldu. Bir süre bir şeyleri yazıp yazıp sildi, bu durum bana garip geldi ve sonra kısaca şöyle yazdı: "Tamam canım."

Yine soğuk ve yine mesafeliydi. Anlam veremedim, çünkü oldukça yorgundum, kendimi hemen duşa attım. Duştan çıktığımda nedense yorgunluğum dağılmıştı, oysa hemen yatmayı planlıyordum. Resepsiyonu aradım ve bir şişe Jack Daniels viski istedim. Viskiyi getiren eleman bana her türlü hizmeti verebileceğini gösterir gibi gözlerimin içine bakıyordu; bundan cesaret alarak ona nereden kız bulabileceğimi sordum. Gözlerinin içi parladı sanki bu anı bekliyor gibiydi, onun bu salaklığını görünce ruhumda saklı tüm kötülükle gülümsedim.

Gayet düzgün İngilizce aksanıyla "Bu gece mi istiyorsunuz?" diye sordu, "Hayır" anlamında başımı salladım, "Yarın akşam saat 22.00'de bana sağlam bir kız bulmanı istiyorum."

"Sağlam?" diye sordu şaşırarak.

"Sağlam sevişecek bir kadın arıyorum," diyerek ona tarif etmeye çalıştım; "Bir saat kalıp gidecek bir kız istemiyorum, önce akşam yemeği yiyecek sonra benimle sabaha kadar kalacak ve her türlü fantezime evet diyecek bir kız, anladın mı?"

"Evet efendim gayet iyi anladım," derken siyah inci tanesi gibi kara gözlerini örten göz kapaklarını sinsice kırpıştırdı.

"Bir bütçeniz var mı?" diye sormasına anlam veremedim.

"Benim bütçem yok ama param var, anlıyor musun?" Her sorumdan sonra anlayıp anlamadığından emin olmak istiyordum.

"Böyle kızlar biraz pahalı oluyor ama size mükemmel bir latin güzeli bulacağım merak etmeyin."

"Merak etmiyorum zaten..."

"Yaş aralığı nasıl olsun efendim?"

"Belki bu pezevengin bir kataloğu vardır," diye geçirdim içimden ama olup olmadığını ona sormak yerine bana yönelttiği soruyu kısaca yanıtladım: "Yirmi beş yaşından daha büyük olmasın..."

"Siz işinizi biliyorsunuz," derken kaypak bir yüz ifadesiyle gülmeye başladı. İşin enteresan tarafı dünyanın her yerinde pezevenklerin aynı beden diline sahip olmalarıydı, gülüşleri bile hiç değişmiyordu. Bu durumda yapmam gerekeni yaptım, yüz ifademe yayılmış ciddiyetimi hiç elden bırakmadan cebimden elli dolar çıkartıp ona verdim,

"Yarın getirdiğin kızı beğenirsem sana yüz dolar daha veririm, ama kız boktan bir şey olursa o zaman paramı geri alırım, anlıyor musun?"

"Bence kızı görünce bana çok daha fazla para vermek isteyeceksiniz," dedi kendinden emin bir bakışla.

Elimle ona "şimdi çekilebilirsin" der gibi işaret yaptım ve arkama bakmadan kapıyı kapadım. Elimdeki viski şişesini odada yatağın tam karşısında duran aynanın altına duvara monte edilmiş masanın üzerine koydum. Şişe hafif soğutulmuş olduğu için bu lezzeti hiç bekletmeden bardağa doldurdum ve bir kısmını mideme indirdim. Hayatta çok az şey beni viski kadar çabuk rahatlatıyordu.

İtiraf etmem gerekir ki rakı içen erkekleri hiçbir zaman anlayamadım, aslan sütü dedikleri saçmalık bir boka benzemiyor. Gerçek erkeklerin içkisi kesinlikle viskidir, ama bunu anlayabilmek için gerçek bir erkek olmak gerekir. Anason kokusu sadece midemi bulandırıyor...

Plajın manzarası inanılmazdı, dolunay Rio'yu ele geçirmişti ve ben oraya doğru zamanda gelmiş gibiydim, belki de böyle hissetmemin nedeni kanıma karışmakta olan viskinin benzersiz tadıydı, emin değilim. O gece kaldığım süit odadan Copacabana plajını döven dalgaları izlerken emin olduğum tek bir şey vardı; ertesi gün müstakbel ortağım Luis ile bizi birbirimize bağlayan sözleşmeyi imzalayıp bu işi başlatmak istiyordum.

Her zaman bu noktaya gelmeyi beklemiştim: *Uluslararası bir adam olmak...*

Bir insan yerel olduğu sürece bence başarılı falan olamazdı; sadece kendi çöplüğünde ötebilen bir horoz olmak yerine, dünyanın çeşitli noktalarında adı geçen bir adam olmak benim başarı kavramımı oluşturuyordu.

Küçük çaplı oyunlar oynamak yerine, büyük oynamak... Ömür boyu bir kadına sadık olmak yerine binlerce kadınla yatmak, kadınların peşinde koşmak yerine onları peşinde koşturan bir adam haline gelmek... Bir erkek hem kadınlara hem de paraya sahip olduğunda, artık kendini gerçekleştirmeye başlamıştır. Ben de hayatımın geri kalanında her şeye sahip olmak istiyordum ama bu konuda şaka yapmıyordum, o zamanki duygum buydu:

"*Her şeye sahip olmak...*"

Geceyi izledim ve yalnızlığı içime çektim, zirvede olmak sadece yalnız kalabilenlerin işiydi, bir süre sonra viski bardağını bir kenara bırakıp saatimi sabah yediye kurdum ve yatağa girdim. Karım bana soğuk bir mesaj atmakla yetinmişti ve aramızda bir şeylerin bittiğinin farkındaydım ama belki de böyle olması gerekiyordu, kim bilir?

Yorgun olmasam saat farkı nedeniyle uyuyamazdım ama deliler gibi yorgundum, hemen uykuya daldım. Bir an olsun uyanmadan sabaha kadar deliksiz uyudum ve tam yedide ayaktaydım. İyi bir gün geçirmek için adetim olduğu üzere yataktan kalkar kalkmaz elli şınav çektim, fit olmanın ne kadar önemli olduğunu gerek iş hayatımda gerekse özel hayatımda gayet iyi biliyordum.

Kendi vücuduna iyi bakan bir adama iş hayatında insanlar daha çabuk güvenirler...

Sonra rahat bir şeyler giyinip kahvaltıya indim, az yedim ve kahvemi içtim. Yeniden odaya döndüğümde saat sekizi gösteriyordu. Kahvaltı salonunda dün gece gizli bir anlaşma yaptığım otel çalışanı pezevengi bakışlarımla aradım ama göremedim. Muhtemelen gece kızla birlikte odamın kapısını çalacaktı, ya da elli dolarımı alıp resepsiyona inmişti ve kaç gün kalacağımı resepsiyonda çalışan arkadaşına sormuştu. Sadece iki gece kalacağımı öğrenince de kırk sekiz saat bana görünmeden işine bakmayı düşünüyordu. Hepsi mümkündü ama aynı zamanda durumun böyle olmadığını gayet iyi biliyordum çünkü insanlar daha fazlasını alabilecekleri zaman ASLA daha azıyla yetinmezler. Gerekirse kız kardeşini getirirdi ama mutlaka bir kız getirecekti, bunu bakışlarında görmüştüm, vazgeçecek bir adama benzemiyordu.

Aynı tip adamları Casablanca'da defalarca görmüştüm ama tek bir farkla, onlar daha siz sormadan size sorarlar çünkü bu tip konularda daha girişken bir yapıları vardır: "Eğlence ister misiniz efendim?" Daha siz otelin barında otururken hemen konuya girip sizi etkilemeye çalışırlar, oraya sadece iş için gitmiş olsanız bile mutlaka seks yaparak dönersiniz, Fas bu konuda en sağlam tecrübeleri yaşadığım ülkeydi, işte bu sebeple oraya iş için üç defa ama iş dışında en az on defa seyahat etmiştim. Faslı kızlar bir erkeği nasıl tatmin edeceklerini gayet iyi biliyorlardı.

Saat sabah sekizi gösterirken odamdaki aynanın karşısında lacivert takım elbisemi giydim ve otelin lobisine inerek etrafa bakındım. Toplantı yapacağım reklam firmasından bana gelen mesajda beni sabah otelden aldıracaklarını söylemişlerdi, otelin dışına çıkıp bir sigara yaktım, beni almaya gelecek aracı beklemeye başladım. On beş dakika kadar bekledim ve ardından siyah bir Mercedes araç otelin ana giriş kapısına doğru yaklaştı, tam benim yanımda durdu.

Siyahi ve uzun boylu şoför araçtan indiğinde boyunun en az bir doksan olduğunu fark ettim, muhtemelen aynı zamanda şirketin sahibi Luis'in korumasıydı. Bu adamı herhangi birisinin kavgada yere indirebilmesi imkânsız görünüyordu. Beni başıyla selamladı ve ben de bunu görünce sigaramı yere atıp arka koltuğa oturdum.

Arabaya bindiğinde Portekizce : "Bom Dia," demekle yetindi ve ben de onu aynen cevapladım.

"Günaydın," dünyanın her yerinde işe yarıyordu, uygarlık günaydın ile başlayıp iyi geceler ile biten ezbere bir aldatmaca gibiydi ama insanlık bunu çoktan sorgusuz sualsiz kabul etmişti. Ben de öyle yaptım ve daha sonra ofislerine varana kadar ağzımı açmadım. Bu adamın İngilizcesi muhtemelen yoktu ve olsa bile onunla konuşmam garip olacaktı, ben Türkiye'den gelen bir şirket sahibiydim ve hayatımda hiçbir zaman bir şoförle arkadaşlığa girişecek kadar dost canlısı bir adam olmamıştım. Bu kısa seyahat esnasında sessizce Rio sokaklarını izledim, dünyanın eşsiz şehirlerinden birinde sabah gezintisi yapar gibiydik. Yine de sadece yirmi dakika sonra ofislerine vardık ve şoför arabadan inmeden dikiz aynasından beni bakışlarıyla selamladı, ben de ona kısaca: "Obrigado," diyerek teşekkür ettim.

Beni kapıda karşılayan siyahi güzeli gece sokakta fark etmem imkansızdı ama gündüz bir pırlanta gibi parıldıyordu. Bu kadını daha gördüğüm anda düzmek istedim ama bu isteğimi ona göstermek istemedim, bana kalırsa buna hiç gerek yoktu. Bakışlarımı ondan öte tarafa çevirip kısacık eteğine sığmayan kalçasına bakmamak için elimden gelen her şeyi yaptım. Etraftan birilerinin ve muhtemelen tam bir çakal olan Luis'in beni izliyor olabileceğini bir an olsun aklımdan çıkarmadım.

Ben hayatımda Brezilyalılar kadar şüpheci insanlar tanımadım, kendi ruhlarını çok iyi tanıdıkları için başka kimseye de asla güvenmezler. Onların genetiğinde bu güvensizlik duygusu vardır.

Beni toplantı odasına bırakan siyahi güzel, arzu dolu bir gülümsemeyle yanımdan ayrıldı. Toplantı odasında Picasso'nun olduğunu bildiğim tablolara bakarken bunların sahte olmadıklarını da adım gibi biliyordum çünkü Luis parasını sanata yatırıyordu. Daha önce İstanbul'a geldiği zamanlarda onu birkaç gün boyunca ağırlamıştım ve sanat üzerine konuşmuştuk. En büyük merakının sanat eserlerini toplamak olduğunu biliyordum; aramızda on beş yaş fark vardı ve o altmış yaşına geliyordu ama yoğun spor yaptığı için neredeyse benimle yaşıt görünüyordu;

"Bunu kadınlara ve sanata borçluyum" diyordu; onun da benim gibi bağımlılıkları vardı.

Odaya ilk olarak Eduardo geldi, bu adamı daha öncesinden tanıyordum çünkü Luis bu adamını yanından hiç ayırmazdı; "Az insana güvenirim," derdi, "Ve en başta da Eduardo gelir..."

Pis işlerini idare eden bir adamı asla yanından ayıramazsın ve işte buna suç ortaklığı diyoruz, dünyanın her yerinde kurallar aynıdır...

Eduardo toplantı odasına girdiğinde beni ciddi bir tavırla selamladı ve elimi sıkıca kavradı, bir süre kararlı bir ifadeyle sıkınca bir an bana evlenme teklif edeceğini düşündüm. Bu adamı sevmiyordum ama bunu bilmesine gerek yoktu. El sıkışırken onu bakışlarımla selamladım ve sonra yeniden odanın kapısına doğru bakınca Luis'in içeriye girmekte olduğunu gördüm. Gülümsüyordu.

Sanki uzun zamandır ağına düşürmeye çalıştığı bir çakalı yakalamış gibi bir ifadesi vardı, bu durumda kendimi Amerikan narkotik polisleri tarafından takip edilen Pablo Escobar gibi hissettim ve bir an tedirgin oldum. Luis böyle sırıttığı zamanlarda sadece onun lehine görünen bir anlaşmayı imzalamak üzere olurdu. Onu yıllardır tanıyordum çünkü bazı projelerde birlikte çalışmıştık, bir geçmişimiz vardı. Aslında ne kadar kötü bir adam olduğunu bilecek kadar yakından tanıyordum onu.

Eduardo hâlâ elimi sıkıyordu bu defa ona "Ne yapıyorsun?" der gibi baktım ve elimi çektim. Sonra Luis'e doğru yöneldim ve gözlerimi kaçırmadan ona baktım.

"Rio'ya yıllar sonra tekrar hoş geldin," dedi.

"Kralı görmeye geldim," dedim.

"Siz Türkler nasıl kelimeler kullanmanız gerektiğini biliyorsunuz," dediğinde gülümsedim;

"Hayır, özellikle ben kendimi bu konularda eğittim."

"Evet bunu biliyorum, ama güzel kelimelerini kadınlara saklamalısın," dediğinde ikimiz de kahkaha attık.

"Belki seni de tavlamak istiyorumdur," dediğimde "Tavladın bile dostum," diye yanıtladı ve masanın başındaki sandalyeyi çekip yerine oturdu.

Yerine oturduğunda kendinden emin bir ifadeyle konuştu: "Sözleşmemiz hazır, bugün ikimiz de yepyeni bir geleceğe doğru ilk adımı atıyoruz." Bunu dediğinde Eduardo çantasını açıp basılı sözleşmeyi çıkardı ve ona doğru uzattı.

Bir nüshasını kendine ayıran Luis diğer nüshayı teklifsizce bana uzattı. Sözleşmeyi alıp on iki sayfayı bir süre sessizce inceledim. Bu seyahat öncesinde şirket avukatlarımız sözleşme üzerinde her çalışmayı yapmışlardı ve bizim onayladığımızın final nüshası olduğunu kontrol etmek dışında bir amacım yoktu. Ben daha öncesinde defalarca okuduğum sözleşmeyi yeniden okuyup kontrol ederken Luis beni hiç müdahale etmeden izledi. Bakışlarını bir an olsun üzerimden ayırmadı, sonra ben sözleşmeyi okumayı bitirmeden Luis'in bir işareti üzerine Eduardo odayı terk etti.

Luis ile yalnız kalmıştık.

Son sayfayı da okuduktan sonra sözleşmeyi imzalamaya hazır olduğumu görünce bana cebinden bir kalem çıkarıp uzattı.

"Ben her zaman kendi kalemimi kullanırım," diyerek ceketimin cebinden çıkarttığım kalem ile sözleşmenin her sayfasını imzalayıp ona uzattım. O da aynısı yaparak imzaladığı nüshayı bana verdi.

Çalışma hayatımda en çok keyif aldığım konu hiç değişmiyordu; *bir işi bitirmenin dayanılmaz hafifliği...*

Luis "Pekala," diye söze girdi, "Şimdi sana şirketi gezdireceğim, beni takip et, artık burada senin de bir ofisin olacak ve ne zaman istersen buraya gelip sana özel ofisinde çalışabilirsin. Ortaklık paylaşmak demektir, sadece başarılarımızı değil, başarısız olduğumuz projelerin sorumluluğunu da paylaşmayı bileceğiz."

Onu bakışlarımla sessizce onayladım, ama onunla yaptığım ortaklıkta başarısızlık gibi bir ihtimali aklımdan geçirmek istemedim. Tek amacımız her şeyi elde etmekti. O da en az benim kadar hırslı bir adamdı ve ne istediğini biliyordu. Brezilyalı markaları Türkiye pazarında satışa sunarken artık güvende olduğunun farkındaydı.

Bir süre bana şirketi gezdirdi ve ardından birlikte Copacabana manzaralı terasa çıktık. Bana sigarasından ikram etti ve kendi çakmağıyla yaktı.

"Akşama birlikte yemeğe gidelim," dedi.

"Burada başka bir planım yok, nasıl istersen," dedim kısaca.

"Bak bundan pek emin değilim," dedi, "Senin kaldığın otelde bu gece için bir kız ayarlamış olduğuna adım gibi eminim."

"Bunun için ortak olmadık mı?" diye sordum, "Birbirimizi yeterince tanıyoruz ve hatta tarz olarak benziyoruz."

"Tek bir farkla," derken sağ elinin işaret parmağını ani bir hareketle kaldırdı; "Ben senden daha yakışıklıyım ve kadınlar konusunda daha hızlıyım!"

"Tamam öyle olsun bakalım," dedim gülümseyerek, onun bu tip kıyaslamalı esprilerine öncesinden alışkındım; "Yeryüzünü bana göre daha iyi tanıyorsun çünkü daha deneyimlisin," derken plajı izliyordum.

"Ve bu da az bir şey değildir," diyerek beni onayladı. Benim bir seksen beş boyunda olduğumu düşünürsek Luis benden yirmi santim kadar kısaydı fakat hayatım boyunca kısa boylu adamların her zaman daha uyanık olduklarını bildiğim için bu yaşlı çakalın zihninden neler geçtiğini tam olarak kestiremiyordum. Onun dünyasında "birlikte kazanmak" diye bir şey yoktu, bunu biliyordum, evet etrafındaki adamlara kazandırmayı seviyordu ancak o burun farkıyla bile olsa her zaman biraz daha fazla kazanırdı, bu şekilde yaşamayı seviyordu. Onu her sabah yataktan kaldıran ve güne canavar gibi başlamasını sağlayan motivasyon işte buradan geliyordu, *diğerlerinden az veya çok ama mutlaka daha fazla kazanmak.*

Her erkeği hayata bağlayan yaşamsal bir motivasyon ve tahrik eden bir fantezi mutlaka vardır, erkeğine göre değişir, çocukluk çağındaki travmalar veya onu zamanında aşağılamış insanlara vermek istedikleri dersler de buna dâhildir. Gerçek karakterini, zirveye çıkarken görmeye başlarsınız, Luis bu konuda acımasız ve gerekirse çevresindeki herkesi yok edebilecek kadar gözü kara bir adamdı, işte bu sebeple bu ortaklık bana muhtemelen yüksek rakamlar kazandıracaktı ama omuzlarıma yüklediği maliyeti de aynı oranda ağırdı. Buna yeterince hazır olup olmadığımı henüz bilmiyordum.

"Akşam sana buradaki gece hayatını göstermemi ister misin?" diye sordu ama buna kesinlikle niyetim yoktu.

"Bak Luis," diye söze girdim, "Ben buraya seninle ortaklık anlaşmamızı imzalamaya geldim ama bunun ötesinde kendi eğlencemi yaratabilirim. Birlikte yemeğe çıkalım ve ardından beni otelime bırak. Ben gerisini hallederim. Üstelik macerayı severim."

"Pekala seni anlıyorum," dedi, "Ama bazı mekânlar var oralara kesinlikle gitmemen gerekiyor çünkü burası öyle bir şehir ki her yere girebilirsin fakat her yerden çıkamazsın. Rio'nun tehlikelerinden seni korumak zorundayım. Sadece odasında kalmayı ve ertesi gün evine dönmeyi bilen bir adam olsaydın seni uyarmak zorunda kalmazdım ama sen de benim gibisin..."

"Evet ben de senin gibi hayatı yaşamayı seven bir adamım," derken onu onayladım.

"Hayatı yaşamak güzeldir ama aynı zamanda kendini beladan uzak tutmalısın dostum, işte bunun için senin yanına Franco'yu vereceğim," dedi.

Kimden bahsettiğini anlamak için çok zeki olmaya gerek yoktu, sabah beni otelimden alıp ofisine getiren şoförden bahsediyordu. Franco'da yanındaki adama aşırı güven veren bir tavır vardı dolayısıyla bu teklifini hiç düşünmeden kabul ettim; "Nasıl istersen..."

"Madem artık ortağız, birbirimizi korumak zorundayız."

"Çok düşüncelisin," diyerek ona teşekkür ettim. Benim saçma sapan bir olaya karışıp her şeyi berbat etmemden korkuyordu, bu durumda karakter olarak ona yeterince güven veremediğimi anladım, ya da bir ihtimal bu yaşlı çakal kimseye güvenmiyordu. Aynı anda aklıma gelen bütün ihtimallerin doğru olabileceğini düşünüp sessizce sigaramdaki son nefesi içime çektim.

Daha sonra beni metin yazarlarından oluşan yaratıcı ekiple bir toplantı yapmam için onların ofisine götürdü ve aramızdan ayrıldı. Kendilerini bana tek tek tanıtan yazar grubu ilk olarak Türkiye piyasasına sokmayı planladığımız Brezilyalı kozmetik markasını bana detaylı olarak anlatmaya başladılar; on iki kişiden oluşan grupta kadınlar çoğunluktaydı ve bazılarının bana meraklı bakışlarından her türlü teklifime açık olduklarını hissediyordum. Brezilya'da da durum başka yerlerden farklı değildi; doğru üslûpla yaklaştığınızda istediğiniz kadınla birlikte olabilirdiniz ve bazı kadınlar size olan ilgilerini bakışlarıyla göstermekten asla çekinmezlerdi. Toplantı sırasında onlara yanımda getirmiş olduğum, yerel reklam piyasasına dair bilgileri detaylı olarak açıkladım; onlar da bana özellikle İstanbul ile ilgili sorular sordular.

Toplantının sonunda metin yazarları arasında yer alan Cassandra isimli bir kız bana yaklaştı ve yapmayı planladığımız reklam kampanyası ile ilgili bazı endişelerini dile getirdi. Son derece rahat tavırları ve askılı kırmızı bluzu dikkatimi çekti ama pek oralı olmadan sorularını yanıtladım. Sonra "Size bir kahve ısmarlamak isterim," diyerek beni sabah Luis ile birer sigara içtiğimiz terasa doğru sürükledi. Buna hayır diyemezdim; fakat tedbirli olmak zorundaydım. Tanımadığım bu piyasada bana yaklaşan hatunların niyeti konusunda emin değildim, konu sadece seks olduğu sürece operasyona hazırdım ancak bana yaklaşan bir kadın ya benden daha fazlasını istiyorsa? Cassandra'nın niyetini anlamak için ona karşı ilk başta mesafeli olmaya karar verdim.

Terasa yönelirken, o sabah Luis'in bahsettiği bana özel hazırlanan ofisimi gösterdi, masamda bilgisayarım, telefonum, ofis malzemelerine kadar her şey hazırdı ve ofisimden görünen Copacabana manzarası gayet güzeldi.

"Sanırım burada rahat çalışabilirim," dediğimde sinsice gülümseyip göz kırpmayı ihmal etmedi, "Haydi beni takip edin, kafeye uğrayıp size bir espresso alalım ve sonra terasa geçelim," dedi.

Benim gibi kırk yaşın üzerindeki adamlar, özellikle de sportif vücuda sahip olduklarında genç kızların ilgisini çekiyorlardı. Elbette buna giyim tarzını da eklemeliyiz, zira bir erkek için her şeyden önce tarz meselesi gelir; eğer bir tarzın yoksa elinde hiçbir şey yoktur. Kadınlardan şunu duyarsınız: "Evet pek yakışıklı bir adam değildi ama kendine göre bir tarzı vardı."

Terasa çıktığımızda Cassandra'nın elinde taşıdığı ufak tepside iki espresso bardağı duruyordu. Manzaraya bakarak kahvelerimizi içtik; "Kaç günlüğüne geldiniz?" diye sorup bakışlarını yüzüme çevirdi, kısaca yanıtladım "Yarın dönüyorum."

"Portekizce biliyor musunuz?"

"Hayır," dedim "Ama belki bana bu konuda yardımcı olabilirsin."

"Neden olmasın?" diyerek amacımı onayladı. Sanırım onun da amacı farklı değildi.

Sonra aniden konuya daldı: "Siz kırklarınızda olmalısınız ancak yaşınıza göre çok genç duruyorsunuz; acaba bunun sırrı nedir?"

"Yoğun ve keyifli seks," dedim.

Bakışlarını sağ elimdeki yüzüğe çevirip "Karınızla mı?" diye sordu ve hiç beklemeden pervasızca kahkaha attı.

"Sence sadece karısıyla seks yapan bir adama benziyor muyum?" diye sormayı ihmal etmedim. Aramızdaki diyalog normalin ötesinde bir hızla ilerliyordu ama itiraf etmeliyim ki ben ne istediğini bilen ve direk hedefe yönelen kadınlara her zaman hayran olmuşumdur.

"Hayır benzemiyorsunuz," derken gözlerimin içine heyecanla bakıyordu.

"Sen erkekleri tanıyan bir kadına benziyorsun," dedim,

“Bazı kızlar erken olgunlaşırlar, siz Brezilya'da bazı şeyleri erken yaşıyor olmalısınız.”

“Kesinlikle öyle, bence seks insanı zinde tutan bir şey ve bu sadece erkekler için değil kadınlar için de geçerli.” Sonra konuyu değiştirmek istedi, ben de ona uydum.

“Luis bundan sonra buraya daha sık geleceğinizi söyledi.”

“Umarım buraya sık gelmem gerekir, bu tamamen yapacağımız ortak işlerin yoğunluğuna bağlı olacak, belki de siz bizim oralara daha sık gelirsiniz, belli olmaz...”

“Ben İstanbul'u görmeyi gerçekten çok isterim, hiç gelme fırsatım olmadı.”

“Senin için büyük bir kayıp, gel benim misafirim ol,” dedim.

Bu noktada kızla ilgili kısaca bilgi vermeliyim, yirmi sekiz otuz yaşlarında olmalıydı, kalın çerçeveli siyah gözlüklerinin ardındaki bakışları ve askılı bluzunun üstünde boynunu süsleyen inci kolyesi ona sekreter havası veriyordu ve kendine bu havayı bilinçli bir şekilde verdiği her hâlinden belliydi. Bakışlarında hem merak hem de çok yoğun bir ilgi vardı. Altına dar bir kot giymişti ve kalçası bir kilometreden bile dikkat çekebilirdi. Latin rüzgârı o anda terastaydı. Bu kızın ne istediğini vücudunun yanımdayken salgıladığı kokudan bile anlıyordum, arzu ve tutku ondan bana doğru esiyordu.

“Bu kadar kısa bir süre için gelmiş olmanız büyük talihsizlik,” derken uzaklara baktı.

“Ne anlamda?”

“Rio'nun gece hayatı ünlüdür, sizi gezdirmek isterdim,” dedi hiç çekinmeden.

“Senin erkek arkadaşın falan yok mu?”

“Dünyanın öbür ucundan gelmiş bir misafiri ağırlamak yaptığım işe dâhildir sanıyorum, bu duruma erkek arkadaşım ne diyebilir ki?”

"Kıskanmaz mı?"

"Bilmem," derken şeytanca gülümsedi, "Onu kıskandıracak şeyler mi yapacağız?"

"Sanırım Luis benim nasıl bir adam olduğumdan sana bahsetmemiş," derken onun ağzını aradım:

"Tam aksine, Luis bana sizinle bu akşam ilgilenmem gerektiğini söyledi, eğer bu görevi yerine getirmezsem bana verilen işi layıkıyla yapmamış olurum ve bana kızabilir."

"Bu durumda Luis beni bu akşam yemeğe çıkarmayacak," derken sigaramdan derin bir nefes aldım.

"Merak etmeyin," dedi, "Ben size güzel bir mekânda rezervasyon yaptırdım bile, eğer sizi rahatsız etmeyecekse ben de size katılacağım. Yine de size bilgi vermek istedim, elbette Luis'in şoförü Franco ile yemek isterseniz bunu da anlarım."

Yüksek sesle kahkaha attım, "Hayır," dedim, "Bence sen çok daha iyi bir seçeneksin. Franco derken sen benimle dalga mı geçiyorsun?"

Sinsice gülümsedi, söylediklerine verdiğim tepkileri, mimiklerimi ve bakışlarımı yakından izliyordu. Bazen kadınlar sizi yönetirler demiyorum, bu dünyada her zaman kadınlar sizi yönetirler ve işin tek iyi yanı onlar ellerindeki bu gücün farkında değiller.

"Bilmem," derken yüzünde yaramaz bir ifade vardı, "Belki erkekler ilginizi çekiyor olabilir, bunda garip bir durum yok."

"Elbette garip bir durum yok ama ben hayatımı kadınlarla geçirdim ve bu şekilde mutluyum, yine de Franco teklifin için teşekkürler," dediğimde ikimiz de kahkaha atmaya başladık.

"Belki de sen kadınlardan hoşlanıyorsun, onun için böyle bir şeyi ima ettin," dedim onun lezbiyen olduğuna hiç ihtimal vermeyerek. Ben de ona karşı atak yapıyordum.

"Hayır hayır," derken gülümsedi, "Ben akşam yemeğinde

size eşlik etmekten keyif alırım, sizin gibi olgun erkekler her zaman tercihimdir."

"Luis de buna dahil mi?" diye sordum, ikimiz de konuşurken pervasız olmayı seviyorduk ve size şu kadarını söyleyebilirim ki dünyanın neresinde olursa olsun bir kadını en çok etkileyen erkek davranışı pervasız olmasıdır.

Başkalarının söylemeye cesaret edemediği şeyleri rahatlıkla söyleyebilen erkekler, başkalarının elde edemediği kadınlarla birlikte olurlar. Nokta.

"Yoksa siz kıskanç mısınız?" diye sordu ciddiyetle.

"Hayatta birçok şeyi başardım ama kıskanç olmayı hiç başaramadım," diye yanıtladım.

"Bu durumda başka erkekleri bir kenara bırakalım, ne dersiniz?"

"Öylesine sordum, belirli bir sebebi yoktu, ama yine de soruma cevap vermiş oldun," diyerek bakışlarımla ona gülümsedim.

"Madem sorunuza cevap aldınız o zaman isterseniz içeriye geçelim," derken bana ofisleri işaret etti, "Burada siz bir toplantıya daha katılacaksınız, sonrasında Franco sizi otelinize bırakır, duş alıp üstünüzü değiştirirsiniz, sonra ben gelip sizi alırım ve yemeğe gideriz, nasıl plan?"

"Bence gayet güzel bir plan," dedim, "Bu durumda beni şimdi diğer toplantıya götürürsen sevinirim."

Luis, büyük çakal, ellerini üzerimden çekmiyordu, gölgesi hep üzerimdeydi. Beni İstanbul'a dönmeden önceki gecemde yalnız başıma Rio sokaklarında sonu belirsiz maceralara teslim etmek istemiyordu. Ona bu konuda hak vermiştim çünkü aramızdaki anlaşma nereden bakılsa on milyon dolar değerindeydi, hatta daha fazlası vardı... Bir gecelik zamparalık macerası uğruna imzaladığı anlaşmaları riske atacak kadar aptal bir adam değildi. Bir yerde ben her şeyi riske atacak kadar aklı havada bir adamdım ama Luis hayatı ve kadınları benden daha iyi tanıyordu.

İhtiyar şeytan...

Her şeyi planlamıştı ve Cassandra'yı bir geceliğine bana sunuyordu. Bundan daha iyisi olamazdı, en azından muhtemelen hiçbir hastalığı olmayan sağlıklı bir kızı yatağıma alacaktım. Bir an düşündüm ve ofisin koridorlarında onun arkasından yürürken kızın kalçalarına daha dikkatli bakınca olayı anladım: Bu kız Luis'in metresiydi, benimle konuşurken aşırı derecede rahat olmasının sebebi buydu.

Sadece patronla yatan bir kadının ofis içindeki vücut dili bu kadar rahat olabilirdi. Biz yanlarından geçerken herkes göz ucuyla bize bakıyordu ama çok kısa süreliğine, sadece birkaç saniye bize bakıp hemen işlerine geri dönüyor olmaları dikkatimi çekti. Bu kızın ofis içerisinde kendine has bir dokunulmazlığı olduğu beden dilinden anlaşılıyordu.

Katılmam gereken son toplantı için beni ilgili departmana götüren Cassandra, elimi iki eliyle kavrayıp sıktı ve "Çok memnun oldum Signor Mert," dedi. İngilizcesi gayet güzeldi; bu durumda aynı gece ona yatakta söyleyeceklerimi harfiyen anlayacaktı. Seks sırasında iletişim sorunları yaşamaktan nefret eden bir adam için yurtdışı seyahatinde bu kadar temiz İngilizce konuşan bir kadın bulmak adeta ödül gibidir.

"Ben de memnun oldum; her şey için obrigado, akşama kadar kendine dikkat et ve hayatta kalmaya çalış, çünkü bu akşam keyifli olacak," derken gülümsedim. Arkasını dönüp giderken bana ateşli bir gece vaat eden kalçalarına birkaç saniye daha baktım. Latinleri seviyordum. Son toplantıma girip iki saat daha ciddiyetle çalıştım ve ardından Franco beni Hilton'a bıraktı. Artık akşamüstüydü ve ben otelin barında kısa bir snack yaptım. Güzel bir anlaşma imzalamış olmanın rahatlığını yaşıyordum, kariyerimde ilerlemeye devam ediyordum ve her şey planladığım gibi gidiyordu.

Hayatta hiçbir şey başarı kadar tahrik edici değildir...

Barda otururken birden tanıdık bir ses duydum; arkamı dönüp baktığımda önceki gece odama viski getiren siyahi pezevenkle göz göze geldim: "İyi akşamlar efendim," derken sempatik bir ifadeyle gülümsüyordu. Sanki aramızdaki gizli anlaşma ona garip bir haz veriyormuş gibi gülümsemesi bana komik geldi ama barda oturmuş zaferle dolu günü kutlarken herhangi bir şey beni zaten mutlu edebilirdi. Hani hayatta bazı anlar vardır, üstünüze sıçan bir karga bile etrafınızı saran mutluluk çemberini delip geçemez, işte öyle bir günbatımı yaşıyordum Rio'da.

"Sana da iyi akşamlar," diyerek onu isteksizce selamladım ve bu arada barmene boşalan white russian kokteyl bardağımı yenilemesini işaret ettim.

Bizim siyahi eleman hızlı çıktı ve hemen bara geçip barmene "bana bırak" der gibi bir işaret yaptı, "Beyefendinin kokteylini ben hazırlarım, sen diğer müşterilere bak."

Barmen ses çıkarmadan uzun L şeklindeki barın diğer ucuna doğru uzaklaştı. Anlaşılan bizim elamanın bakışlarında sadece "bana bırak" anlamı yoktu, aynı zamanda "bizi yalnız bırak" demeyi de tek bir bakışta başarmıştı. Aralarındaki bu gizli işaret diline hayran kaldım ve bakışlarımla siyahi pezevengin bana kokteyl hazırlamasını izledim, içine herhangi bir hap atmasından endişe etmesem bu kadar dikkatli izlemek yerine telefonumu karıştırabilirdim. Bu adama güvenmiyordum, çünkü insana kesinlikle güven vermeyen bir gülümsemesi vardı.

Kokteylimi hiç vakit kaybetmeden hazırladı ve bir peçeteyle birlikte bardağımı uzatırken gözlerimin içine baktı: "Size karşı açık konuşabilir miyim efendim?" diye sordu.

"Bence bunu yapmalısın," derken bardağımdan büyük bir yudum aldım.

"Bu akşam size Cassandra eşlik edecek bunu biliyorum," dedi.

Bir anda şaşırdım, etrafımda neler olduğunu anlamıyordum, şaşkın bakışlarımı görünce açıklama gereği hissetti;

"Bay Luis burada tanınan bir simadır ve her şeyi öğrenip haberdar olmak ister. Onu güçlü yapan da işte budur, her türlü bilgiye sahip olması. Dün akşam odanıza bir şişe viski istediğinizde ben getirdim ve ardından benden istediğiniz her şeyi arayıp ona aktardım. Hangi marka viski istediğinizi bile sordu."

Aslında itiraf etmeliyim ki bu kadarına şaşırmalıydım ama bunun yerine onu umursamazca dinlemeye devam ettim. Luis çakalın tekiydi evet bunu biliyordum, ben de onu kendimce araştırmıştım ama bu kadar detaycı ve hastalık derecesinde kontrol manyağı olmasının en büyük sebebi muhtemelen başak burcu olmasıydı. Başka bir açıklaması olamazdı.

Onun konuşmasını bölüp sordum: "Dinle, senin adın ne?"

"Cardozo," diye yanıtladı.

"Pekala Cardozo, madem Luis'e her boku anlatıyorsun o zaman neden bana bu gereksiz bilgileri veriyorsun, aranızda ne konuştuğunuz umurumda bile değil."

"Luis beni uyardı ve bu adama sakın kimseyi ayarlama dedi, ben de kimseyi ayarlamadım, tüm bilgilendirme için bana yüklü para da ödedi, size bana verdiğiniz elli doları geri vermek istiyorum," derken cebinden dün verdiğim banknotu çıkarıp bana uzattı.

"Tüm mesele bu muydu yani?" diye sordum ondan nefret eden bakışlarımı üstüne dikerek, "Yani salak bir vicdan muhasebesi için mi tüm bunları bana anlattın şimdi sen?"

Ne demek istediğimi anlamıyordu, bakışlarında bir geri zekâlı havası vardı. Onu dürüstlüğü için kutlamamı falan bekliyor olmalıydı oysa ben ona kızgındım.

"Arkamdan iş çeviren insanlardan hoşlanmam."

"Ama ben ben," derken sayıklıyordu ve hemen savunmaya geçmişti, "Ben değil efendim, Signor Luis her şeyi ayarladı ve bilmek istedi yani benimle hiçbir..."

"Tamam anlıyorum ama Luis'den hoşlandığımı nereden çıkardın? Benim hayatımı didikleyen kimseden hoşlanmam ben, anlıyor musun?"

"Si Signor..."

"İyi peki, şimdi o parayı cebine sok, sende kalsın."

Parayı gömlek cebine sokarken bir süre düşündü. Bana bir şeyler demesi gerektiğini biliyordu ama doğru kelimeleri bulamadığı her halinden belliydi. Bu adamda gram beyin olmadığını düşündüm ve bakışlarımı lobiye kaydırıp dikkatimi daha güzel şeylere vermeye çalıştım.

"Size bir teklifim olabilir mi?" diye sordu aniden.

Bakışlarımı ona çevirmeden "Evet," dedim, "Bu paranın karşılığında bir teklif yapman, parayı geri vermene göre daha mantıklı görünüyor."

"Bu durumda size enteresan bir teklifim olacak efendim. Bakın ben işin içinde Luis olduğuna göre size karşı dikkatli olmak zorundayım. *Yani bana güvenebilirsiniz...*"

Brezilya'da bir otelin barında bana kız ayarlaması dışında hiçbir işim olmayacak beyinsiz bir adam ona güvenmemi istiyordu. Dışarıdan bakıldığında çok naif ve iyi niyetli görünüyor olmalıydım, ya da sadece konuşmak için konuşuyordu. Benim nasıl bir insan olduğumu hâlâ anlamamıştı çünkü hem cahil hem de aşağılık biriydi.

Ona hiç değer vermeyen ve onu bir bok parçası yerine koyan bakışlarımı görmesine rağmen konuşmasını sürdürdü: "Size yine de bir kız getirmek istiyorum ama bu sıradan bir kız olmayacak, tertemiz ve sağlıklı bir kadın olacak, sizin dediğiniz gibi *sağlam bir mulata* getireceğim. Bu gece iki kızla yatağa girebilirsiniz, buna ne dersiniz?"

"Neden olmasın?" dedim kadehimden içerken.

"Tamam o zaman," dedi, "Sizin yemekten dönmenizi beklerim ve ardından kızı getirip kapınızı çalarım. Kıza bayılacaksınız çünkü o yatakta sizi mutlaka tatmin eder. Yanında biraz da ot gönderirim, belki denemek istersiniz."

"Daha önce kullandım," dedim, "Bana ot falan gönderme, bu gece odamda ufak çaplı bir seks partisi yaptıktan sonra buradan gideceğim. Başımı belaya sokmak istemiyorum."

"Siz bana bırakın," dedi, "Asla başınızı belaya sokacak bir şey olmayacak, merak etmeyin."

"Bak, beni iyi dinle," dedim, "Odama bir fahişe getirmene itiraz etmiyorum ancak eğer ot içip kafayı bozarsa bu durumda hem ona hem de sana zarar vermek zorunda kalırım. Bunu gerçekten istemiyorum çünkü bu hayatta en son isteyeceğim şey Brezilya'da bir otel odasında sefil bir orospuyu kesmektir. Ve biliyor musun, mecbur kalırsam onu keserim hiç tereddüt etmem. Sadece seks yapmak isteyen bir kız getir, onun dışında hiçbir bok istemiyorum, şu anda beni anlıyor gibi bakıyorsun ama sana soruyorum gerçekten de söylediklerimi anlıyor musun?"

"Si signor," dedi ve beni ciddiyetle selamladı.

Bu pezevengin kendini bana neden bu kadar yakın hissettiğini bilmiyordum, tek sebebi Luis olamazdı, başından beri bana bir şeyler pazarlamaya çalışıyordu, kim bilir belki de işini bu şekilde yapmayı seviyordu. Kokteyli bitirdikten sonra ona yine bir pislik gibi baktım ve odama çıktım. Hızlı hareketlerle duş alıp bir süre yatakta uzandım. Karımdan gelen tek bir mesaj bile yoktu, belki de artık bir karım yoktu. Bunca yıldır onu defalarca aldatmıştım ama onun bana bunu yapabileceğini hiç düşünmemiştim, belki de Brezilya seyahatimden ona bahsettiğimde umursamaz davranmasının altında bu vardı; fırsatı kaçırmayıp soluğu sevgilisinin yanında almış olabilirdi.

Ne kadar garip; erkekler karılarını aldatırken paçayı nasıl kurtaracaklarını detaylıca düşünürler ama aynı anda aldatılma ihtimalini genelde akıllarına getirmezler. Bu sadece biz erkeklere yakışan bir dangalaklık çeşidi olsa gerek diye geçirdim aklımdan çünkü bir kadın, özellikle de kocasının kendisini aldattığını hisseden bir kadın hiç düşünmeden aldatabilirdi.

Ne de olsa intikam, biz erkeklerden çok kadınlara yakışıyordu...

Bunları düşünürken yeniden telefonumda mesajlara baktığımda bu arada karımın çevrimiçi olduğunu gördüm, iyi de kiminle yazışıyordu bu kadın. Pek kıskanç bir adam olduğum söylenemezdi ama tamamen sessiz kalması ve beni hiç merak etmemesi aklımda deli sorular oluşmasına neden oluyordu.

Hani bir söz vardır ya: ava giderken avlanmak... Bu ihtimal aklıma gelmeye başlamıştı...

Ayağa kalkıp giyindim, siyah ceketimin içine beyaz gömlek ve siyah kumaş pantolon. Klasik tarz bu gece için idealdi, mevsim koşulları Rio'da sonbahardan kışa dönüyordu ama hava yine de sıcaktı, yirmi derece civarında olmalıydı. Bir süre aynada kendimi izledim, kombinimi tamamlayan Rolex saatimi taktım ve Dolce Gabbana Velvet Sublime parfümümü sıktım, Cassandra yolda olmalıydı ama bu kızın bende ne telefon numarası ne de ona ulaşabileceğim herhangi bir adresi vardı. Bir süre bekleyip eğer gelmezse kendimi sokaklara atmaya karar verdim, tam o sırada otelin lobisinden arayıp aşağıda beni bekleyen bir hanımefendi olduğunu söylediler.

Vakit kaybetmeden odadan çıktım ve lobiye indiğimde melekler gibi bembeyaz bir elbise giymiş, cesur göğüs dekolteli ve inci kolyeli Cassandra'yı gördüm. Bu kız tahmin ettiğimden çok daha seksi bir şeydi, gündüz ofiste ona yeterince alıcı gözle bakmamış olduğumu fark ettim.

"Sizin gibi bir adamı bekletemezdim," derken boynuma sarıldı. Açık oynuyordu ve benim de artık açık oynamak dışında bir seçeneğim kalmıyordu. Bu çalışanıyla kim bilir kaç defa yatağa girmiş olan patronu Luis onu bana altın tepside sunuyordu. Yaşlı çakalın tek amacı, ortağını her şekilde memnun ederek Türkiye pazarından kazanmayı planladığı milyon dolarları korumaktı. Bunun için değil sadece bu kızı, şirketindeki tüm kızları feda edebilirdi; tereddüt bile etmeden yüzlerce kızı bana sunabilirdi. Ona yepyeni bir pazar ve sonsuz ticari fırsatlar sunan ortağı, Rio gibi dolandırıcı bir şehirde herhangi bir kızla seks yapamazdı çünkü bu ona göre çok riskliydi, bunun yerine kendi bildiği bir kızla bana eğlenceyi sunuyordu. Üstelik kaldığım oteldeki üçüncü sınıf çalışanlara kadar herkesi planına dahil ediyor ve hiçbir şeyin kendi kontrolü dışına çıkmasına kesinlikle izin vermiyordu.

Her neyse, otelden çıktığımızda kızın Mini Cooper aracını görünce şaşırmadım çünkü daha önceki satırlarımda belirttiğim gibi dünyanın her yerinde kadınlar arasında büyük benzerlikler olduğunu düşünüyorum. Mesela kadınlar her zaman Mini Cooper markasını severler, sebebini bilmiyorum ama bu böyledir işte. Bazı şeyleri olduğu gibi kabul etmek gerekir.

Arabaya binerken "Beğendin mi?" diye sordu.

"Şaşırmadım," dedim, "Sen de Mini seven kızlardan birisin demek."

"Asla vazgeçemem," dedi, "Arabamı seviyorum, çok rahat."

"Çok güzelsin," derken ona baktım, "Giyim tarzına bayıldım."

"Çok tatlısın, " derken gülümsedi ve gaza bastı. Gece tüm bilinmezleriyle bizi bekliyordu. Baharat ve çiçek notalarıyla sıcak ve feminen bir parfüm kullanıyordu, daha önce başka bir kadında rastladığım bir koku değildi ama benim o gece başımı döndürmeye yetecek kadar iyiydi ve kesinlikle ucuz bir parfüm değildi. Belki de bir kadında en çok midemi bulandıran, ucuz parfüm kokusu olabilir.

Yola çıktık. Cassandra, ben ve boynuna boşalttığı baştan çıkarıcı parfümü. Üçümüzdük ve bence böylesi gayet iyiydi. Daha fazlasına gerek yoktu ama ben yine de başka bir kız daha sipariş etmiştim. Her zaman açgözlü ve yeniliklere açık bir adam olarak yaşantımı sürdürmek zorundaydım ya da kendimi buna inandırmıştım. Alışmış köpek, alışmış bir köpektir işte...

Geceler bizimdir, hayatı yaşamayı sevenlerin, kötü çocukların, kendini kaybetmekten korkmayanların ve her anın hakkını vermek isteyenlerin, sabaha kadar hiç uyumadan araba kullanmak isteyenlerin ve sahipsiz bir partide kendini alkole ve uyuşturucuya boğup kusmak isteyenlerindir. Gündüz bir şeyleri toparlar ve sonra aynı günün gecesinde düzenlediğiniz her şeyi yeniden dağıtırsınız. Bana kalırsa hayata dair kartlar gece olduğunda masaya yeniden dağıtılır ve bir el daha oynamak istersiniz, *ama ne için bir el daha?*

Buna gerçekten gerek var mıdır?

Yeniden kulaç atacak kuvvet var mıdır damarlarınızda? Her gece ölüme biraz daha yaklaşır ve sonra sabah kalktığınızda, eğer birkaç saat uyuma şansınız olduysa, yeniden hayata tutunmaya çalışırsınız.

Ne demiş yazar;

"*Gündüzler ölü bedenime, geceler yaşayan ruhuma emanet...*"

Sessiz kaldığımı ve etrafı izlediğimi gören Cassandra söze girdi: "Evden pek üstüme başıma dikkat etmeden hızlı çıktım, yine de beni beğenmene sevindim. Bence senin karın şanslı bir kadın."

"Hayatta bazı geceler sadece yaşanmak için vardır; sorgulanmak için değil," dedim

"Bunu sevdim, hoşuma gitti," derken dudaklarını yaladı, "Bence haklısın, sorgulamak güzel değil ama yaşamak güzel. Bu gece benimle ne yaşamak istiyorsun?"

"Önemli olan benim ne istediğim değil, senin ne istediğin, bunu anlıyor musun?"

"Pek sayılmaz," derken soran bakışlarını bir an önümüzde uzanan yoldan ayırıp bana çevirdi.

"Yemek yedikten sonra odama gelmek zorunda değilsin, evine gidebilirsin, sadece yemek yemiş oluruz ve senin gibi bir kadınla yemeğe çıkmak bana keyif verir. Ama odama gelmek istersen bu durumda seni yataktan çıkarmam."

"Sen gerçekten açık sözlü bir adamsın," derken etkilenmişe benziyordu.

"Hayatı böyle yaşamayı seviyorum," dedim.

"Böyle yaşamak güzel olmalı," dedi, "İçinden geldiği gibi ve lafı pek uzatmadan yaşamak isterdim ama sanırım biz kadınlar için o kadar kolay değil."

"Sen gayet rahat bir kadına benziyorsun, üstelik bana her zaman Brezilya'da kızların eğlence konusunda rahat oldukları söylenmiştir, hayat kısa ve eğlenmek gerekiyor öyle değil mi?"

"Tamamen öyle yaşıyorum, beni zorlayan kimseyle birlikte olamam, erkek arkadaşım da..."

Derken sözünü kestim, "Unutmadan söylemek zorundayım; erkek arkadaşından veya ilişkinden bahsetmeyeceksin, çünkü umurumda bile değil. Bu gecenin üzerine kimsenin gölgesi düşmeyecek, anlaştık mı?"

"Fair enough," derken başını beni onaylarcasına salladı.

Bu arada radyoda Pink Martini çalmaya başladı: *Una Notte a Napoli...*

Şarkıyı keyifle mırıldanmaya başladığımda o da bana eşlik ediyordu fakat sonra aniden kahkaha atmaya başladı: "Sen detone oluyorsun Signor Mert."

"Saçmalama," dedim, "Benim sesim gayet güzel, asıl sen detone oluyorsun."

İkimiz de arabanın içinde gülüyorduk.

"Bana Signor Mert demene gerek yok; sadece Mert diyebilirsin."

"Sen de bana Sandra diyebilirsin."

"Bence senin ismin çok etkileyici, Cassandra," derken her harfi heceledim. Bu ismin benim üzerimde garip bir cazibesi vardı ve Cassandra adında bir kadını yatağa atmak gerçekten bana seksi bir fikir gibi geliyordu. Kimi zaman bir kadının ismi de tahrik edebilir, her şey mümkün.

"Ne kadar sıklıkla buraya geleceksin?" dedi

"Hadi ama," diye tepki gösterdim, "Çocukluk etme ve hemen ilişki beklentisine girme, sadece bir gece eğlenmek bile bu hayatta büyük bir lükstür."

Ne demek istediğimi anlamadığı bakışlarından belli oluyordu, yaşı yetmiyordu, onun anlamasını sağladım: "Bak canım bu hayatta binlerce insana kaç defa deliler gibi eğlendikleri bir gece geçirdiklerini sorsan kimseden düzgün bir yanıt alamazsın; oysa hayat geçirdiğin güzel gecelerden ve anlardan ibarettir. Yıllar sonrasında geri baktığında elinde başka bir şey kalmıyor, yaşamın tadına varmalısın. Sorgulamadan!"

"Kadınlarla her zaman böyle mi konuşursun?"

"İçimden geldiği gibi konuşurum," dedim, "Onlar da bunu severler, içimden geldiği gibi olmamı severler, bence bir erkek yapmacık davranacak kadar aşağılık olmamalı."

"Belki de her erkeğin özgüveni bunun için yeterli değildir."

"Belki de bu benim sorunum değildir," diye yanıtladım.

"Hayatta gerçekten kafana taktığın bir şey var mı?" diye sordu.

"Elbette, mesela şimdi gideceğimiz restoranda ne yiyeceğimizi merak ediyorum."

"Istakoz sever misin?"

"Bayılırım," derken kısa bir an ona baktım.

"Bu durumda endişe etmene gerek yok, burayı seveceksin. Tekrar geldiğinde beni oraya götür diyeceksin."

"Tamam bana uyar," dedim, "Sana güveniyorum."

"Senin gibi bir adamın güvenini kazanmak zor olmalı, kolay güvenecek bir adama benzemiyorsun."

"Bak yine aynı şeyi yapıyorsun," dedim.

"Neyi yapıyorum?"

"Beni anlamaya çalışıyorsun ve bunu yapabilmek için sorguluyorsun. Oysa buna hiç gerek yok, bazen bir geceyi yaşarsın ama sorgulamazsın; bunu denesene."

"Hiç böyle düşünmemiştim, buna alışmam zaman alabilir," dedi.

"Zaman alsa bile dene; çünkü hayata yönelik tüm bakış açını değiştirebilir."

"Söz bunu deneyeceğim," derken aniden burcumu sordu. Kadınlar mutlaka burcunuzu merak ederler. Terazi olduğumu söylediğimde şaşırdı.

"Neden şaşırdın şimdi buna?"

"Çünkü ben seni aslan erkeği sanmıştım."

"Aslan mı? Hiç sevmem aslan erkeklerini, saçmalama ne aslanı?"

"Onlar narsist oluyorlar, sende de öyle bir hava var," dedi.

"Narsist mi?"

"Kesinlikle öyle, daha önce aslan erkeğiyle olmuştum, senin de bir aslan erkeği olduğundan neredeyse emindim."

"Sen ne burcusun?" diye sorduğumda neşeyle ve adeta övünerek "İkizler," dedi.

"Buna şaşırmadım," dedim, "Hayattan keyif almayı bilen burçların başında gelir."

"Bence bu güzel bir şey," dedi, "Senin de dediğin gibi hayat kısa ve keyif almayı bilmek gerek."

"Siz bunu gerçekten bilen insanlarsınız."

"Geldik," dedi arabayı park ederken. Dikiz aynasından baktığımda arkamızdaki restoranı gördüm, Atlantik kıyısında şık bir balık restoranına gelmiştik ve burada sadece ıstakoz olmadığına emindim. Bu gecenin menüsünde ıstakozdan fazlası vardı.

Okyanus manzaralı akşam yemeğinde bana ailesini anlattı. İki tane ablası vardı ve onlarla arası pek iyi değildi, özellikle ortanca ablası ile arasında gizli bir rekabet olduğunu söyledi. Kadınlar arasında her zaman rekabet olduğunu biliyordum ve kız kardeşler arasındaki benzersiz yarışa defalarca şahit olmuştum. Biri öne çıktığında diğeri hemen arkasından çekmeye başlıyordu, bu anlamda kadınları hep kedilere benzetmişimdir, neden derseniz kediler durduk yerde birbirlerine pati atabilirler, kedi kavgaları ünlüdür. Kedileri izlediğimde onların arasında adı konmamış bir rekabet olduğunu görürüm, işte kadınlar da böyledir, aniden birbirlerine girerler. Cassandra bana ablasıyla yaşadığı sıkıntıları anlatırken onu dinledim ve bakışlarım okyanusa doğru kaydı. İçimde kabaran dalgaları hissediyordum, gecenin ilerleyen saatlerinde bu kızın kaldığım otel odasına gelmesi hâlinde ona yapabileceklerim beni heyecanlandırmaya başlamıştı.

Bilmiyordu.

İçimde kabaran dalgaların ruhumdaki kumsalı dövmekte olduğunu bilmiyordu...

Bazen bir insan, masanın diğer ucunda hemen karşınızda oturur da sizin gerçekte kim olduğunuzu göremez ve bilemez. İşte böyle bir an yaşadık onunla. O sadece eğlenmek istiyordu ve gecenin yoğun bir cinsellik ile noktalanmasına asla hayır demezdi. Bu geceye hazırlanmak için ofisten erken çıkıp evde ılık bir duş aldığına adım gibi emindim; zevkin doruklarına çıkmak ve kendini yatakta zevk rüzgârına bırakmak istiyordu. Böyle gecelerde, güzel bir akşam yemeğinin ardından, eğer erkek saçma sapan hareketler yapmaz ise, gecenin yatakta sona ermesi işten bile değildir; çünkü karşılıklı alınacak zevklere hangi kadın hayır diyebilir ki?

Ama şöyle düşünmezler; "Ya karşı taraf zevkten fazlasını istiyorsa?"

Zevkin sınırları yani hedonist yaşam biçimi her insan için farklıdır.

O gece Cassandra anlattı ve ben onu keyifle dinledim. Benim açımdan rahatlatıcı bir akşam yemeği olmuştu çünkü tam tercih ettiğim gibi fazla konuşmama gerek kalmadan sadece onu dinliyordum. Bir kadınla yemeğe çıktığımda ne kadar konuşkan biriyse kendimi o kadar şanslı hissederim çünkü ben karşımdaki kadına hayatımla ilgili hiçbir şey anlatmam. Oysa dinlemek güzel bir terapidir. Onu dikkatle dinliyordum ve onunla ilgili ufak tefek analizler yapıyordum. Cümlelerinin arasından onun zevklerini, yataktaki tercihlerini, nasıl tatmin olmak istediğini ve çok daha fazlasını okuyabiliyordum.

"Sen fazla konuşmadın," dedi yemeğin sonlarına doğru.

"Seni dinlemek hoşuma gitti," dedim, "Kendini anlatırken çok tatlısın."

"Evet ama ben genelde bu kadar konuşmam, senin yanında kendimi rahat hissettim," sonra aniden kahkaha atarak şöyle dedi: "Bugünlerde kadınları gerçekten dinleyen bir erkek bulmak çok zor."

"Bu konuda haklısın," dedim, "Oysa Jack Nicholson harika bir söz söylemiş."

"Nedir?" diye sordu merakla,

"Kadınlarla nasıl başarılı olduğumu soruyorlar. Ben onları çok iyi dinliyorum, hepsi bu."

"Kesinlikle haklı. Birisi beni dinlediği zaman kendimi değerli hissediyorum ve bana böyle hissettiren bir erkeğe bayılıyorum."

"Bu durumda bana bayılıyor olmalısın," dedim.

"Neden olmasın?" derken beyaz şarabını yudumladı.

"Polise yakalanırsak ne olacak?" diye sordum, "Buralarda alkol kontrolü yok mu?"

"Ben yolları biliyorum," dedi.

"Peki," dedim, "Patron sensin."

"Kalkalım mı?" diye sordu,

"Bence bu iyi bir fikir olabilir," dedim bakışlarımı gözlerine dikerek, hesabı elbette Luis ödeyecekti, ikimiz de bunu biliyorduk.

Arabaya giderken onun yanımdaki adımlarını izledim, neyse ki sarhoş olmamıştı, dünyanın öbür ucunda anlamsız bir trafik kazasında ölmek istemiyordum. Sessizce arabayı çalıştırdı ve sonra bana baktı, başını bana yaklaştırdığını gördüğümde onu kendime doğru çektim ve arabada öpüşmeye başladık. Karanlık otoparkta birkaç dakika boyunca ateşli bir öpüşmeyle birleştik ve muhtemelen daha fazlası da olabilirdi ama onu aniden durdurdum, olgun erkeklerden hoşlandığına yeterince ikna olmuştum ve bana kalırsa devamını otelde getirmeliydik; "Bence buradan gitmeliyiz, ne dersin?"

"Evet haklısın," derken kendini geri çekti ve üstünü başını düzeltti, yavaşça trafiğe çıktı ve otele doğru yol almaya başladık. Aklımdan geçirdim, şu diğer kızı da oyuna dahil etme fikri hoşuma gitmeye başlamıştı, üçlü yapmak için ideal bir gece olduğunu hissettim. Grup seks yapmak için Brezilya'dan daha iyi bir lokasyon olabilir mi? Latinler bu işi bilirler, çünkü onların dünyasında eğlencenin sınırları yoktur.

Arabayı o kadar yavaş ve dikkatli sürüyordu ki endişelenmem için hiçbir sebep olmadığını anladım, bunun yerine etrafı dikkatle izlemeye başladım. Böyle anlarda büyülü sessizliği bozmak bence berbat bir fikirden ibaretti, güzel bir kızla seks dolu bir gece geçirecektim ve bu fikir her ne kadar hoşuma gitse de çenemi düşürecek kadar deneyimsiz değildim.

O gece farklı bir kadınla ilk defa seks yapacak olmak bazı erkekleri geveze yapar, bazılarını ise içine kapanık suskun bir adama dönüştürür. Ben sadece etrafı izliyordum, o gece yaşayacağım cinsellik hem umurumdaydı hem de değildi.

Sustum ve arabanın motorunu dinledim, aynı zamanda yanımdaki genç kızın soluk alıp vermeleri sıklaşmıştı, heyecanlı olduğu her hâlinden belliydi. İkimiz de az sonra yatağa gireceğimizi biliyorduk ama bu bilginin ikimizin ruhunda yarattığı yansımalar birbirinden tamamen farklıydı.

Otele vardığımızda arabanın anahtarını yaklaşan valeye verdi, sonra lobiden doğruca odaya çıktık.

"Duş almak ister misin?" diye sordum.

"Bence harika olur, zaten lavaboyu kullanmalıyım," diyerek kendini banyoya attı.

Bu durumdan faydalanıp resepsiyonu aradım, bir şişe şampanya sipariş ettim, buzlu bir kova içerisinde getirmelerini özellikle söyledim. Sonra da "Cardoso," dedim, "Onu bulun ve odama yollayın."

Resepsiyondaki kız bir anlık sessizliğin ardından "Tamam Signor," dedi, "Hemen notunuzu kendisine iletiyorum."

Gerçi o serseri Cardoso'nun bizi otele girerken gördüğüne ve birazdan odamın kapısını yanında latin bir hatunla birlikte çalacağına emindim; ama yine de hatırlatmak istedim.

Soyundum ve bornozumu giydim, telefonumda en ufak bir mesaj bile yoktu. Tamamen unutulmuş ve muhtemelen karısı tarafından terk edilmiş bir adam olduğumu biliyordum ama bu bilgi beni o gece yaşamak istediğim eğlenceden alıkoyamazdı. Kendimi gecenin derinliklerine bırakmaya kararlıydım, bazen hayatta her şeyi olduğu gibi kabul etmek dışında daha iyi bir seçenek yoktur. Zihnimdeki kartları masaya açtığımda sabaha kadar sevişmek ve sonra İstanbul'a dönmek elimdeki en iyi hamleydi.

Üstelik, aklıma geleni bu satırlarda size de sormak isterim; sizin iradeniz dışındaki olayların sizin canınızı sıkmasına izin verir miydiniz? Ya da bunun ne anlamı olabilir?

Ben kontrol edemediğim olayların aklımı kurcalamasına izin vermem ve işime bakarım, o gece de aynen öyle yaptım.

Cassandra duştan çıktığında odayı mükemmel bir kadın kokusu kapladı, beni derinden etkileyen bu kokuyu duyunca hemen onun bardağına bir kadeh şampanya doldurdum. Sonra kadehleri tokuşturduk ve "Salute," derken bu sefer daha ateşli öpüşmeye başladık. Kendini bir an benden uzaklaştırıp yatağa uzandı, bunun üzerine "Beni burada bekle ve hiçbir yere ayrılma," diyerek duşa girdim.

Bornozun belini bağlayan beyaz havlu ipini bornozdan çıkartıp bir kenara koydum. Birazdan işime yarayacaktı. Ilık suda beş dakika duş aldıktan sonra vücut losyonumu sürdüm ve banyodan çıktım. Hâlâ yatakta uzanıyordu ve elindeki kadehi neredeyse bitirmişti. Kadehini alıp yeniden doldurdum, ona uzattım.

"Şimdi her şeyi bana bırakacaksın, anlaştık mı?" derken onu izliyordum.

"Tamam," dedi.

"Her erkeği tahrik eden şeyler vardır, anlıyor musun?"

"Elbette, peki seni tahrik eden nedir?"

"Hâkimiyet."

"Nasıl yani?" diye sordu merakla. Neden bahsettiğimi kesinlikle bilmiyordu.

"Kontrol tamamen bende olduğunda seksten zevk alıyorum, aksi halde benim için tamamen anlamsız bir şey."

"Hmmm, bak bu enteresan geldi, daha önce böyle bir şey yaşamadım sanırım."

"Neden?" diye sordum şeytanca, "Luis seni domine etmiyor mu?"

"Hani başkalarının gölgesi bu geceye düşmeyecekti? Ama sen kuralı bozuyorsun..." derken bu defa o bana şeytanca sırıtıyordu.

"Evet haklısın," dedim, "Beni dikkatle dinlemişsin, bu

hoşuma gitti, onunla ne yaptığın umurumda bile değil, ama onunla yattığını anlamak da zor olmadı."

"Ben bu gece sadece seni düşünmek istiyorum," dedi yüzünde arzulu bir ifadeyle.

"Zevk almak istiyor musun?"

"Hem de sonuna kadar."

"O zaman sorun yok çünkü keyif alacaksın, sana bunu garanti edebilirim. Kontrolü tamamen bana bırakacaksın ve sana yaptığım hiçbir şeye karışmayacaksın."

Bakışlarıyla söylediklerimi onayladı. Bunu görünce yatağa uzanıp elindeki kadehi aldım ve yatağın yanındaki komodinin üzerine bıraktım. Üstündeki bornozu çıkardım ve esmer teninde parmaklarımı dolaştırmaya başladım. Gözlerini kapayıp inlemeye başladı. Yanından kalkıp masanın yanındaki sandalyeye asmış olduğum ceketimin cebinden kumaş mendilimi aldım. Ona yaklaşıp gözlerini kapamasını söyledim ve gözlerini mendille bağladım. Hiç itiraz etmeden ve sorgulamadan bunu kabul etti. Oyun, benim istediğim şekilde ilerliyordu ve benim zevk almamın tek yolu da buydu.

Sonra banyoda bıraktığım kumaş bornoz kemerini aldım, yeterince uzun olması hoşuma gitti, onun ellerini başının üzerinde bağladım, artık hareket edemiyordu. Biraz huzursuz olduğunu hissettim ve onu rahatlatacak birkaç şey söyledim; "Kendini rahat bırak, sadece keyif almayı düşün, bu gece harika geçecek..."

Sonra yanına uzanıp onu öpmeye başladım, deliler gibi öpüşüyorduk, dilini ağzımdan çıkarmıyordu.

"Beni delirtmek mi istiyorsun sen?" diye sorduğunda bir an durakladım, bu kadar çabuk zirveye yaklaşması hoşuma gitmedi, ben yavaş gitmeyi ve yataktaki her hamleyi sabırla planlamayı seviyordum, oysa bu kız daha şimdiden, ben daha aklımdaki hiçbir şeyi yapmadan, yoğun bir zevk rüzgârına kendini bırakmıştı. Bu durum beni o anda huzursuz etti ve bir an duraksadım. Yatakta işleri yavaştan almak oyunumun bir parçasıydı. Aceleyle seks yapan ve en fazla beş dakika içinde boşalan tavşan erkekler bu hayatı yaşamayı bilmiyorlardı ve bana kalırsa; "*Öpüşmeden sevişenler, seksin hakkını veremezler.*"

Ayağa kalkıp kendi kadehime şampanya doldurdum ve yatakta elleri bağlı ve gözleri kapalı halde duran Cassandra'yı bir süre izledim. O kadar savunmasızve çaresiz görünüyordu ki bu manzarayı birkaç dakika boyunca keyifle içime çektim. Telefonumdan kısık sesle bir müzik açtım, hafif bir latin caz esintisi aniden odayı doldurdu. Müziği duymak hoşuna gitmiş olacak ki şeytanca gülümsedi, gözlerinde o anda muazzam bir anlam olmalıydı ama bakışları mendilin ardında gizliydi.

Karşımdaki görüntü aslında oldukça heyecan vericiydi ama hayatta her türlü hazzı yaşamış bir adam için her zaman daha fazlasına ihtiyaç oluyordu. Benim gibi adamların paradoksu işte tam burada saklıydı; artık hiçbir şeyden zevk alamıyor olmak ve belirgin bir tatminsizlik. Bunu aşmaya ve yeniden hayata tutunmaya çalışıyordum, kimi zaman seks kimi zaman şiddet bana yardımcı oluyordu.

Ona yaklaşıp yüzüne çok güçlü bir tokat attım. Aniden irkildi ama beklediğim tepkiyi vermedi. Benden nefret etmesini, tepki göstermesini, bağırıp yardım istemesini beklerken o beni de şaşırtan bir şey yaptı ve ufak bir şokun ardından şöyle dedi: "Biliyor musun hoşuma gitti. Daha şiddetli olmasın ama bana tokat atmanı istiyorum, beni düzerken bunu yapmalısın."

Nasıl da anlamıştım? Demek ki gerçekten kadınları tanıyorum diye geçirdim içimden, çünkü bu konuda deneyimli erkekler daha ilk bakışta bir kadının yataktaki isteklerini anlayabilirler. Aslında bu durumu şuna benzetebiliriz; bir arabayı usta bir tamirciye götürdüğünüz zaman daha kontağı çalıştırdığı anda duyduğu sesten arabanın neresinde sorun olduğunu anlar ve teşhisi koyar. İşte böyle bir şey, kadınların gizemli dünyası bende bir refleks hâline gelmişti ve bu konuda hiç zorlanmıyordum. Elbette bu aşamaya gelmek yıllarımı almıştı; usta araba tamircisi olmak en az yirmi yıl alıyorsa ben de otuz senedir her çeşit kadınla seks hayatımı sürdürüyordum.

Cassandra'ya güçlü bir tokat daha atmayı düşünüyordum ki aniden kapı tıkladı. Şaşırdım ve bir an kimin gelmiş olabileceğini merak ettim ama sonra aklıma pezevenk Cardoso geldi; ondan başkası olamazdı. İşin kötüsü kapıyı duyan Cassandra'nın bir anda kalkmaya çalışması oldu. Hemen yanına eğildim ve ona sakince seslendim: "Hayatım içecek bir şeyler söyledim, merak etme güvendesin, sen bu gece tüm kontrolü bana bırakacaktın; bu konuda söz vermiştin unuttun mu?"

"Tamam," dedi ve bir anda sakinleşti. Yatakta sessizce uzanmaya ve içinde bulunduğu bu çaresiz durumdan kendince tahrik olmaya devam etti. Daha önce yatakta hiç bu kadar savunmasız ve başkasının iradesine bağlı kalmadığı belli oluyordu, daha ilk bakışta bu durumun onu deli edeceğini anlamıştım.

Onu yaşadığı heyecanla baş başa bırakıp kapıyı açmaya gittim, Cardoso karşımdaydı ve onu gördüğüm anda parmaklarımı dudağıma götürüp sus işareti yaptım, işte o anda solunda dikilmekte olan hatunu gördüm. Bir an şaşırdım çünkü kız Hollywood aktrislerine taş çıkartacak kadar güzeldi.

Kime benziyordu? Neredeyse ikizi kadar benzediği ünlü bir kadın vardı: Megan Fox.

Türkçe "Vay anasını arkadaş," dedim ama ikisi de bir şey anlamadılar. Bunun üzerine tercüme etmek yerine kapıyı hafif örtüp dışarı çıktım ve Cardoso ibnesine yüz dolar uzattım. Kıza İngilizce bilip bilmediğini sordum ve aksansız olarak gayet iyi anladığını söyledi.

Bu durum hoşuma gitti çünkü o gecenin hakkını vermek için aramızda harika bir iletişim kurmamız gerekiyordu. Ona içeride yaşananları kısaca anlattım ve ben işaret vermedikçe sessiz kalması gerektiğini söyledim. Beni başıyla onayladı; garip bir sahneye girmek üzere olduğunu anlamış olacak ki heyecanı bakışlarından belliydi.

Cardoso "Size iyi eğlenceler," diyerek koridorda uzaklaştı ve ben de bu dehşet kızı içeri almadan ismini sordum; "Marta," dedi kısaca.

"Peki," dedim, "Ben de Mert."

Onu içeri aldığımda yatakta uzanan çıplak kızı görüp şaşkın bir ifadeyle ağzını kapadı. Adeta soluk almamaya çalışır gibi buz kesmişti ama ona sakin olmasını işaret ettim ve yatakta uzanmakta olan Cassandra'nın yanına uzandım;

"Hayatım, odamıza bir kız daha geldi ve şimdi üçümüz eğleneceğiz, beni anlıyor musun?"

"Kim o?" diye sorarken sakin kalmaya çalışıyordu.

Kıza işaret edince ismini kısık sesle söyledi: "Ben Marta."

"Şimdi üçümüz eğleneceğiz ve ikiniz de benim dediklerimi yapacaksınız."

İlk başlarda her şey yolunda gidiyordu ve kızlar yatakta gayet iyi anlaşıyor gibiydiler. İtiraf etmeliyim ki bu kadar keyifli olacağını tahmin etmemiştim, sadece bana hayatta olduğumu hissettirecek birtakım heyecanlar peşindeydim. Bunu hissedebilmek için Selim kumar oynuyordu ama ben bunun yerine kadınlarla oynuyordum.

İnsan bazen ruhen ölür ve bedenen yaşamaya devam eder, işte bu sorunu çözebilmek için yaşadığını hissetmeye çalışır. Ben her yolu denemeye hazırdım.

Bir süre onlar seviştiler, bu yaptıkları onlara heyecan vermişti, sonra ben de onlara dahil oldum ve üçümüz zevkin doruklarına çıktık. Genç kızların kendi vücutlarını keşfetmesine çok yakından şahit oluyordum, evet daha önce cinselliği yaşamışlardı ama bu deneyim onlara da enteresan geldi. İlk birkaç saatin ardından molalar verdik, odaya yemekler söyledik ve bu arada Marta yanında getirdiği ottan içmeye başladı. İşte buna daha ilk gördüğüm anda dur demeliydim ama yapmadım, sessiz kaldım çünkü gecenin ilerleyen saatlerinde seks ve alkolün etkisiyle öyle bir noktaya ulaştım ki artık hiçbir şey umurumda değildi, bana göre o anda üçümüz birlikte zevk almaya çalışıyorduk ve kendimizi gecenin kollarına bırakmıştık.

En kötü ne olabilirdi?

Marta bir kâğıda sardığı malı içerken ayakta dans ediyor, bağırıyor, inliyor ve yatakta uzanmış olan Cassandra'ya ve bana görsel bir ziyafet sunuyordu. Muazzam bir vücudu vardı ve Cassandra'nın bile ona alıcı gözle baktığını görüyordum. Bazen kadınlar birbirlerini beğenirler ve işler kontrolden çıkar.

Marta otu içtikçe çıldırdı ve sarhoş hareketler yapmaya başladı. Eğer biraz uyanık olsaydım tam o anda ayağa kalkıp onu yatağa veya sandalyeye bağlayıp Cardoso pisliğine haber verirdim, gelip bu kızı alsın ve bizden uzaklara götürsün. Üstelik, ısrarla altını çizmeme rağmen kıza ot vermişti ve kız onu kullandıkça gözle görülür şekilde çıldırıyordu. Aslında biz üçümüz o ana kadar zaten eğleniyorduk, birinin çeşitli maddeler kullanıp her şeyi berbat etmesine hiç gerek yoktu. Ama işler çığırından çıkmak zorundaydı ve itiraf etmeliyim ki ne zaman mutluluk ve keyif konusunda zirve yapsanız hayat sizi bir uçurumdan atar gibi hızla yere indirir. Oysa ben bu durumu defalarca yaşamıştım, büyük keyiflerin ardından gelen büyük hayal kırıklıkları beni şaşırtmamalıydı ama demek ki ders alamıyorsun ve sen ders almadıkça hayat sana benzer olayları yaşatmaya devam ediyor.

Sonra Cassandra ayağa kalktı ve sarılıp öpüşmeye başladılar, belli ki o benden daha sarhoştu çünkü henüz odadaki bu yabancı kızın kontrolden çıkmak üzere olduğunu fark etmemişti. Oysa kızın bakışları bile değişmişti, artık odaya giren kız değildi, başka bir kadın olmuştu ve o kadının bize bakışlarında hiç de dostane bir tavır yoktu. Gülümserken aniden ciddi bir ifade takınıyordu, sadece birkaç saniye, ve sonra bunu saklamak ister gibi maskesini yüzüne geri takıyordu. İnanılır gibi değildi, bir insanda irade ile içindeki diğer ruhun kapışmasını dakikalar boyunca dehşetle izledim.

Ben her zaman şahit olamayacağım bu garip ruhsal deneyim penceresinden bakarken, Cassandra hâlâ keyif ve tatmin boyutundan bakıyor olacak ki hemen karşımızda ayakta dans etmekte olan bu dengesiz ruha sahip kızla dans etmeye başladı. Bana kalırsa ikisi de aynı oranda kafayı yemişlerdi ve ben bir an, çok kısa bir an, giyinip odadan hemen çıkmak istedim. Hani vardır ya, bu satırları okuyan değerli okurun mutlaka bu söyleyeceğim şeyi yaşadığına eminim, tek bir an içinizden en kötü ihtimaller geçer ama saniye bile sürmez ve hemen ardından, siz daha karar bile veremeden şimşekler çakmaya ve cehennem yeryüzüne inmeye başlar.

İşte böyle oldu. Benim hızla gömleğimi ve donumu giyip

adeta delirmiş bir köpek gibi odadan kaçıp gitmek konusunda tereddüt ettiğim o birkaç saniye içinde *her şey olmaya başladı* ve ben bile dehşete düştüm.

Her neyse size olanları ağır çekim halinde anlatıyorum;

Bu iki manyak ayakta dans ediyorlardı, ikisinin de omuz omuza vermiş halde bana baktıklarını ve benim o andaki şaşkın ruh halimle onları izlediğimi ve dudaklarını okumaya çalıştığımı düşünün, ne şarkı söylediklerini ya da ne küfür ettiklerini bile bilmiyordum çünkü kendi dillerinde büyüler yapmaya başlamış gibiydiler, sanki odada bir voodoo ayini vardı ve muhtemelen ben hayatımdaki en şanslı gecemi yaşamıyordum. Bunu sessizce yutkunarak kabullendim. Yaptıkları saniyelik büyüler neticesinde aniden aletimin yere düşeceğini kısa bir an aklımdan geçirdim; zihnimdeki fonda garip bir müzik çalıyordu. İkisi de bana bakıyorlar ve sonra yeniden birlikte dans edip öpüşüyorlardı. Erkekler çıldırınca neler olur bilmiyorum ama kadınlar çıldırınca bir sınır çizgisi yoktu. Bunlar iki maymun gibi dans ederlerken yüzüne hayatımda gördüğüm en vahşi bakışı yerleştiren Marta elindeki şampanya bardağını aniden Cassandra'nın başına indirdi ve sonra kızın kendine gelmesine bile izin vermeden onu duvara doğru tüm gücüyle itti. Cassandra arkasına doğru birkaç adım atıp duvara kafasını vurdu ve yere yığıldı. O anda göz ucuyla ikisini sessizce izlemeye devam ediyordum ve henüz karşımda olan bitenin gerçekliğini kavrayabilmiş değildim.

Olaylar hızlı gelişiyordu ve *yanık kokusu gibi bir delilik kokusu* odada etrafımızı sarmıştı.

Bu satırları okuyanlar arasında, bir insanın aniden delirmesine şahit olan kimse var mıdır?

Bu satırları yazan insan işte böyle bir deliliğe şahit oldu ve kendi ruhundaki çatlakları da işte o birkaç saniye içerisinde yeniden keşfetti. Bakın, mesele kızın delirmesi değildi, karşımda Cassandra'yı aniden bıçaklayıp öldürse bu kadar dehşete düşmezdim, beni asıl şaşırtan ve kendimi kaybetmeme neden olan detay çok farklıydı, şimdi anlatacağım anları zihninizdeki en ağır çekimde hayal etmenizi istiyorum çünkü ancak bu şekilde yaşadığım dehşeti size tam anlamıyla aktarabilirim; Marta elindeki şampanya kadehini Cassandra'nın kafasına indirip onu duvara doğru iterken, çıldırmış bakışlarını tek bir an bile benim gözlerimden ayırmadı.

"Seni öldürmek istiyorum," ifadesini daha önce hayatımda hiç bu kadar net olarak bir insanın bakışlarında görmemiştim. Dehşete düşmemin sebebi işte buydu, çünkü henüz benim üzerime atlamamış olmasına rağmen beni öldürmekte kararlıydı. Bir sebeple benden nefret etmişti ve o gece otel odasında bizimle beraber eğleniyor görünürken hangi anda bana karşı bu kadar tarifsiz bir nefret geliştirdiğini benim üstüme atlamadan önceki o kısacık anda düşündüm ama bulamadım.

Pekâlâ delilik nedir? İşte budur. Benim dünyamda tam olarak budur.

Bir insana kötülük yaparsınız ve sonrasında sizin üzerinize atladığında bu kesinlikle delilik değildir, olsa olsa intikamdır veya sadece öfkedir. Ortada haklı bir sebep vardır ve size saldırdığında bir deliyle karşılaşmış gibi dehşete düşmezsiniz. Dehşete düşmediğiniz için de onun saldırısı sizin üzerinizde büyük bir etki yaratmaz, belki dayak yersiniz ama olay burada kalır.

Oysa safiyane ve katıksız bir deliliğe kısacık bir an için bile olsa şahit olmak hayata bakışınızı tamamen değiştirebiliyor. Neden mi?

Benim için sebep şuydu, ben onun ruhundaki karanlık

derinliği görünce o kısacık anda kendi ruhumdan korktum ve bende de aynı deliliğin olduğunu o anda kavradım. Aslında hepimiz potansiyel olarak deliyiz fakat bazı insanlar hayatta kendilerini zorlayacak koşullarla karşılaşmadıkları için bunun farkına varmadan ölüp gidiyorlar, hepsi bu.

Sahneye devam ediyorum...

Sonra Marta, gözlerinde çıldırmış gibi bir ifadeyle masanın üzerinde duran tirbuşonu alıp bana doğru koşmaya başladı; işte tam o anda yataktan nasıl bir panikle kalktığımı bugün bile hatırlamıyorum. Yatağa doğru gelirken havada zıplayıp Bruce Lee'yi bile kıskandıracak bir tekmeyi tam karnına yerleştirdim. Evet sağlam bir deliydi ama yine de bu başarılı tekmeye hazırlıklı değildi ve yere düştü. Sonra yanına gidip elinden düşürdüğü tirbuşonu ondan uzaklaştırdım.

Birkaç saat önce Cassandra üzerinde kullandığım bornoz ipini düştüğü yerden aldım ve Marta'nın ellerini sımsıkı bağladım. Bana kalırsa gece yeni başlıyor gibiydi ve bu durum garip bir şekilde hoşuma gitmeye başlamıştı. Tüm hücrelerime pompalanan adrenalin bana yeniden yaşadığımı hissettirdi, birkaç saattir dönüşümlü olarak seks yapıyorduk ancak sadece birkaç saniye süren bu şiddet benim daha çok hoşuma gitmişti. Kendimden korkmaya başladığım gecelerden biriydi; belki de kendini keşfetmenin bile sınırları konulmalıydı.

Marta'ya doğru baktım; tekmeden sonra baygın halde yatıyordu ama hâlâ yaşıyordu. Bebek katil Chucky gibiydi, aniden yerinden kalkıp yeniden bana saldırmasına asla şaşırmazdım, bu delilik hali etrafımızı saran sis dalgası gibiydi ve o kadar alkol almış olmama rağmen aniden kendime gelmek de beni aynı derecede şaşırtıyordu. Demek ki, alkolden daha etkili bir uyarıcı olan adrenalin hızla insanın önce ruhunu sonra da bedenini ele geçirebiliyordu. Bir an dikkatim

Marta'dan Cassandra'ya kaydı, onun ne durumda olduğunu bilmiyordum.

Duvarın dibinde yere yığılmış yatan Cassandra'nın yanına eğildim, dikkatle dinledim ve nefes aldığını duyunca rahatladım çünkü bu ülkede bir ölüme karışmayı kesinlikle istemiyordum. İnsan neler düşünüyor da sonrasında başına neler geliyor; ya da bir çeşit deliliğe nasıl olup da sadece birkaç saniye içerisinde esir oluyor. İçimde biriken öfkeyi dizginleyemiyordum.

Beni gerçekten kızdıran neydi? Bir an düşündüm ve yanıtını bulmam uzun sürmedi;

Sana verilmiş hayatı adrenalin ve heyecanla deliler gibi yaşarsın. Nefessiz gecelerde âşık olduğun kadına sarılır ve onun ruhuyla birleşirsin. Hayata dair nice ateşlerde yanarsın ve sonra, çok sonra finale yaklaşırken elinde ne kalır? Çocukken rüzgârın sana getirdiği toprak kokusu, yıllar öncesinden zihninde kalan bir sevgilinin nedense unutamadığın bakışı, ya da kumsalda dolunayı izlediğin bir gece. Tek bir ölümsüz sahne tüm hayatını betimler ve tek ölümsüz sahne için hayatı deliler gibi yaşarsın. Ben bir yerlerde muhtemelen yalnız başıma ölürken aklımdan geçecek tek sahnenin Marta'nın çıldırma anları olmasını istemiyordum.

Bunu düşünmek bile kâbus gibiydi...

Bu fahişenin, benim ölüm anımda yaşamımı özetleyen tek sahne olarak kalması fikri hoşuma gitmedi, beni ürküttü ve bir an odada üşüdüğümü hissettim. Kendime bu orospuyla ilgili yeni bir sahne yaratmalıydım ve işte o anda aklıma güzel bir fikir geldi.

Marta'yı yatakta Cassandra'nın yanına yatırdım ve ellerini bağladığım gibi ayaklarını da bağladım. Gözlerini mendille kapadım ve onu sessizce düzmeye başladım. Cassandra baygın bir haldeydi ve ne yaptığım hakkında en ufak bir fikri bile yoktu, arkasını dönmüş aynı yatakta yatıyordu ama biraz sonra Marta kendine gelmeye başladı ve ne yaptığımın farkına vardığında bana engel olmaya çalıştı, onu susturmak için birkaç defa şiddetle tokatladım ve sonra sağlam bir yumruk attım. Yeniden bayıldı ve bu defa hiç sesi çıkmıyordu. Bana kalırsa her deliliğin bir cezası olmalıydı.

Madem deliliğini bana göstermek istiyordu, bu durumda benim de ona gösterecek bir şeylerim olmalıydı. Bu dünyadaki her ruhun içinde şeytani bir yan vardır; işte bunu ortaya çıkartacak koşullar oluştuğunda artık geriye dönülmeyecek bir noktaya doğru yolculuk başlar. Marta yeniden bayıldığında üstünden kalktım ve onun gözlerindeki bandı açtım. Artık bana zevk vermiyordu, kalkıp giyindim ve üstümü başımı temizledim. Resepsiyonu arayıp Cardoso'yu odaya göndermelerini söyledim. Bir süre gelmesini bekledim ve bu arada bir sigara yakıp odamdan Atlantik'i izledim. Okyanus tüm gizemiyle orada duruyordu fakat bu gece daha sakin gibiydi. Her insanın asla açmak istemeyeceği gizli odaları vardır; o gece o uğursuz odada bendeki bazı odalar açılmaya başlamıştı.

Yarım saat kadar odada sessizce birkaç tane sigara içerek okyanusu izledim. Bir ara sırtımda bir çift gözün bakışını hissettim; arkamı dönüp yatağa baktığımda Cassandra'nın hâlâ derin bir uykuda olduğunu ki bunda sarhoş olmasının da büyük etkisi vardı, Marta'nın ise sanki ölü görmüş gibi şok içinde ve gözlerini hiç kırpmadan beni izlediğini fark ettim. Kim bilir ne kadar zamandır sessizce beni izliyordu ve bakışlarında hâlâ aynı deliliğin ayak izleri vardı.

Biliyor musunuz bu hayatta en çok neyi seviyorum, büyük bir fırtınayı atlatmış olsam bile bazen *hiçbir şey olmamış gibi davranmayı*; işte bunu gerçekten seviyorum. İçimden gelen sonsuz bir istekle hiçbir şey olmamış gibi davranmaya başladım, belki de Marta ile anlaşabilmenin tek yolu buydu, şansımı denemek istedim:

"Sen ne içtin hayatım?"

"Hatırlamıyorum," dedi.

"Bir daha böyle şeyler içme, çünkü başın daha büyük belalara girebilir, beni anlıyor musun?"

Bakışlarında belirgin bir korku vardı, ona az önce ne yaptığımın farkındaydı ve hatırlıyordu ama sanırım hatırlamak istemiyordu.

"Bana zarar verecek misin?" diye sordu.

"Sence buna gerek var mı?" dedim ve gülümseyerek sordum "Seni öldürmemi ister miydin?"

Elleri ve ayakları bağlı halde yatakta uzanırken bir an yatağın diğer ucunda dünyada olup biten her şeyden habersiz bir halde uyumakta olan Cassandra'ya baktı ama ondan hiçbir yardım alamayacağını anlayınca ölüm sessizliği içinde bakışlarını yine bana çevirdi. Neden bilmiyorum ama bu kızın içinde hem delilik hem de yaşama sevinci vardı.

"Hayır, ben her şeyi berbat ettiğimi biliyorum ama bir an kendimi kaybettim, lütfen bana zarar verme," diyerek yalvarmaya başladı. Ondan iğrendim, avam davranışlarıyla beni yeniden deli etmek üzereydi.

"Neden sana zarar vermem için her şeyi yapıyorsun?" diye sordum.

"Özür dilerim, içtiğim şey beni delirtti, lütfen beni affet geceni berbat etmek istemezdim."

"Kes sesini!" diye bağırdım ve yatakta yanına gidip onun ellerini çözdüm. Onu ayağa kaldırıp omuzlarından tuttum, yarım metre uzağımda bana tuhaf bir şekilde bakıyordu ve sürekli ağlıyordu,

"Sen bana zarar verebileceğini mi düşündün?" derken tam çenesine doğru hiç beklemediği bir yumruk attım, bu sefer deliler gibi ağlamaya başlamıştı ve eğer ona hemen engel olmasam tüm gücüyle bağırmaya başlayıp oteli ayağa kaldırabilirdi. Bunu görüp onu bayıltmak için sağlam birkaç yumruk indirdim, artık sesi çıkmıyordu ve baygın haldeydi, çenesinden ve burnundan sızan kanı elimle silip onun üstüne sürdüm, içimdeki tarifsiz öfkeyi durduramıyordum, ruhumdan taşan şiddet beni kontrol etmeye başlamıştı.

Odadaki her eşyayı kırmayı düşündüm; etrafımda ne varsa paramparça etme fikri nedense hoşuma gitmeye başlamıştı. Nereden başlasam diye düşünürken kapı çaldı. Aradığımı bulmuş gibi sevindim ve kapıya yöneldim, memnun bir ifadeyle ve muhtemelen getirdiği kızdan dolayı ona teşekkür ederek şükranlarımı sunmamı bekleyen Cardoso'ya kapıda gülümsedim ve hiç bozuntuya vermeden odaya girmesini işaret ettim.

Hiç tereddüt etmeden içeri girdiğinde yerde yatmakta olan Marta'yı görünce şaşırdı ve bana hazırlıksız yakalandı. Onu boynundan tutup duvara yasladım ve boğmaya başladım. Güçlüydü ama benim kadar hazırlıklı değildi, bana karşı koyarken karnına sağlam bir yumruk indirdim ve yere düştüğünde yüzünü tekmelemeye başladım. Artık kendimi tutamıyordum, beni içine düşürdükleri bu garip durum nedeniyle ikisinden de nefret ettiğimi açıkça göstermek istiyordum, şiddet içime sığmıyor ve adeta dışarı taşıyordu. Sonra yerde yatmakta olan Cardoso'yu kaldırdım ve ona Marta'yı işaret ederek,

"Bu kız odada çıldırdı, bunu anlıyor musun?" diye bağırdım.

"Ben özür dilerim efendim," dedi.

Yatakta uzanmakta olan Cassandra'yı işaret edip "Bu kızı öldürebilirdi ve bu durumda benim hayatım senin odama getirdiğin basit bir fahişe yüzünden bok olacaktı. Bunu bilerek mi yaptın orospu çocuğu?" derken ona yeniden yumruk atmaya başladım. Yatağın yanına düştü ve muhtemelen kırılmış olan çenesini tutarken sayıklamaya başladı; "Ben, ben kızı şimdi, hemen şimdi götürürüm, lütfen beni şikâyet etmeyin, ben bu fahişeyi ortadan kaldırırım, siz kimseye bir şey söylemeyin ben halledeceğim, bana bırakın."

"Odamdan hemen defolup gidin!" diye bağırdım. Kızı yerden alıp kaldırdı, bir yandan da kırık çene kemiğini yeniden bir araya getirmeye çalışıyordu, canının yandığı her hâlinden belliydi ama yine de şaşkınlık içindeydi. Odaya girerken böyle bir dehşetin içine düşeceğini bir an olsun aklından geçirmediği anlaşılıyordu. Hayat sürprizlerle doluydu ve bu sürpriz faktörü herkes için olduğu gibi pezevenk Cardoso için de geçerliydi.

Cardoso yerde baygın halde yatmakta olan Marta'yı kaldırıp sırtında taşıyarak yanımdan geçti, kısa bir an içimden ikisini de öldürmek geçti, şiddet duygusu tüm ruhumu ele geçirmişti ama kendimi tuttum ve bakışlarımı hâlâ yatakta sessizce uzanmakta olan Cassandra'ya kaydırdım. Daha fazlasını yapmak istemiyordum, tek istediğim bu uğursuz gecenin sabahında kendimi uçağa atmak ve İstanbul'a dönmekti. Ellerim kan içindeydi, odada eşyalar etrafa dağılmıştı ve dışarıdan bakan yabancı bir göz burada ters bir şeyler olduğunu hemen anlayabilirdi.

Sefiller odamdan çıktıklarında Cassandra'nın yanına uzandım ve ışıkları söndürdüm. Karanlıkta bir süre onun nefesini dinledim ve ses çıkarmamaya çalıştım çünkü onun baygın halde yattığını düşünüyordum.

Aniden onun sesini duyunca dehşete düştüm:

"*Hani bu geceye kimsenin gölgesi düşmeyecekti?*"

Böyle bir gecenin sonunda ancak bu kadar isabetli bir soru olabilirdi. Cevap vermeden ona sarıldım ve sanki yıllardır onunla yatıyormuşum gibi saçlarının kokusunu içime çektim.

İnsanı dehşete düşüren kendi ruhundaki şeytandan başkası değildir. Cassandra ile zevk dolu bir gece geçirebilirdik, tüm şartlar bunun için hazırdı. Tek yapmam gereken, odamın kapısını çaldığında Cardoso'yu yanındaki orospu ile birlikte odama almadan geldikleri yere geri yollamaktı. O insanlar benim dünyama ait değildiler ve ben daha ilk bakışta bunu anlamıştım. Bazı insanlar hayatınıza girerek sizi ruhen zenginleştirirler, bazıları ise hayatınıza girip sizden almaya başlar, sizi kemiren fareler gibi davranırlar. Benim Marta isimli fahişeden alabileceklerim, onun benden alabilecekleri yanında neredeyse hiçbir şeydi. Daha ilk bakışta onun ne kadar avam ve basit bir kadın olduğunu anlamıştım ama yine de onu kovmadım.

Bazen tek yapmamız gereken budur, bir fırsat gibi hayatımızın kapısını çalan baş belalarını hiç içeri almadan reddetmek ve kapıyı yüzlerine kapatmaktır; çünkü sahip olduklarımız yeterlidir, daha fazla zevke, daha fazla tatmine ya da daha fazla kadına ihtiyacımız yoktur. Elindekiyle yetinmeyi ve keyfine varmayı bileceksin. Ama ben bunu asla öğrenememiştim.

Daha fazlasını ararken başını belaya sokan ve hayatındaki kadını da kaybeden tek erkek ben değildim; biz bu çağın sonu gelmez zevklerinde kaybolmuştuk, bizim ruhlarımız ölmüştü ve aslında ruhen yaşamıyorduk. Kendimizi kandırarak ruhsal mastürbasyonlar yapmak dışında hiçbir özelliğimiz yoktu.

Bana yatakta her türlü hazzı verecek Cassandra gibi bir kadını neredeyse bir ölüm tehlikesiyle baş başa bırakacak kadar omurgasız bir adamdım.

Ne için?

Biraz daha zevk için?

Doyumsuz tatminler için?

Peki buna değer miydi? Tüm bu stresi ve belayı yaşamaya değer miydi?

Biz erkekler neden anlamıyoruz, hayatımıza hesapsızca ve düşüncesizce aldığımız her kadın aslında başımıza türlü belayı açabilir ve asla geri dönülemeyecek bir lanetin içine atabilir. Üstelik elimizdeki bir avuç mutluluğu bile bizden çalabilirler.

Rio'nun enfes gecesinde Atlantik manzaralı süit odamda Cassandra ile geçirebileceğim benzersiz bir geceyi benden çaldıkları gibi...

Ya da;

Karımı ve evimdeki huzuru benden çaldıkları gibi...

Ama kimseyi suçlayamazdım; çünkü bunları benden çalmalarına doyumsuz ruhuma asla söz geçiremediğim için yine ben izin vermiştim.

Ve doyumsuz bir erkek kadar büyük bir sırtlan yoktur...

Obrigado Brasil por todo...

Yolun sonuna gelmek üzereydim ancak elbette farkında bile değildim...

6

Belki de sana kaybetmeyi öğretemedik...

Her yolculuğun varması gereken nihai bir durak vardır; buna son durak denir. Ben de kendi hikâyemde bana gerçekten bir şeyler anlatması gereken son durağa doğru yaklaşıyordum. Bazen hayat elinden gelen her şeyi yapar, bir şeyleri bizim gözümüzde netleştirmek ve görünür kılmak için ama hani güzel bir söz vardır ya: *Duymayan kulaklara bağırmanın anlamı nedir?*

Bir anlamı yoktu, dolayısıyla hayat da benden umudunu kesmişti.

Dehşet gecesinin ardından ertesi sabah Cassandra önce beyin tomografisi çektirmek üzere bir hastaneye ardından da ofise gitti. Ya da bana bu konuda söz verdi ama bunları tam olarak yerine getirdi mi bilmiyorum. Aramızda bir anlaşma yapmıştık, ikimiz de yaşananlar konusunda sessiz kalacaktık ve Luis bunları bilmeyecekti.

Aramızda garip bir suç ortaklığı kurulmuştu. Bu hayatta yoluma çıkan tüm ortaklıkların bir suç üzerine kurulu olması artık beni şaşırtmıyordu.

Franco beni otelden alıp havaalanına bıraktı, kendimi *business class* koltuğuma bıraktığımda tek isteğim bir an önce buralardan gitmekti. Geceden beri bir çeşit mide bulantısı ruhumu kaplamıştı, bundan kurtulamıyordum. Bazen uzaklaşmak istersin ya, ben de en başta içimdeki şeytandan ve sonra da kendi benliğimden uzaklaşmak ve kurtulmak istiyordum. Sanki bunu yapabilirsem her şey çok güzel olacakmış gibi kendimi kandırıyordum.

Sonra, uzun bir yolculuğun sonunda, evime vardım. Evde kimse yoktu, karım muhtemelen genelde yaptığı üzere gündüz saatlerinde duruşmalardaydı. Kendini işine vermişti ve benim ne durumda olduğumu belli ki artık merak etmiyordu. Eve girip duş aldım ve telefonumda asistanım Gizem'in meraklı mesajlarını gördüm: "Hayatım döndün mü, nasılsın, mesajlarım sana gelmiyor sanırım," şeklindeki soruları hoşuma gitmedi. Bu kızla ne zaman bu kadar samimi olmuştuk? neredeyse sevgilim gibi davranıyordu ve fazla samimi bir üslûpla bana mesajlar atıyordu. Mesajları hemen sildim ve duşa girdim.

Bornozla evin içinde dolaşırken, karım olmadığında eve sinsice yayılan sessizliği dinledim bir süre, garip bir özlem içimi sardı. Onu özlemiştim, özleyebilmek güzeldi.

Garip gelebilir; günün sonunda yine karını özlüyorsun ve belki de bunca yıldır içinde çılgın alevlerle yanmakta olan ateşe rağmen sadece karını gerçekten seviyorsun. Diğer kadınların hepsi hayatından şöyle bir gelip geçiyorlar, onlar arada yaptığın kısa yürüyüşler gibi, fakat her gece yatağa girdiğin kadın sana özlem duygusunu yeniden hissettirebilen tek kadın. En azından bunu anlıyor olmak benim açımdan güzeldi, hâlâ insan olduğumu hatırladım.

Karım iki saat kadar sonra eve geldi ve beni görünce hiç beklemediğim şekilde bana sarıldı. Oysa birkaç gündür beni hiç merak etmemişti, gözlerinde benden sakladığı bir öfke vardı ancak bana olan bağlılığı yine de galip gelmiş gibiydi. İçimdeki suçluluk duygusuyla olsa gerek bana tepki göstermesini ve benden uzaklaşmasını bekliyordum, hatta boşanma konusunu bile açabilirdi ama yapmadı.

Size bu satırlarda çok fazla itirafta bulundum ama eksik kalmaması gereken bir tane daha var; ben hayatımda kendimi hiç o sarılma anında olduğu kadar aşağılık hissetmedim. Karım bana tepki gösterseydi ya da bağırıp çağırsaydı kendimi haklı bulacak kadar ileri gidebilirdim, ama o hiç soru sormadan ve en ufak bir gerginlik yaratmadan beni gördüğü anda sımsıkı sarıldı. Evliliğim boyunca beni hep sevmiş bu kadının sevgisini anlamamıştım, yıllardır evliydik ancak bu sevgiye hâlâ alışamamıştım. Ben bu dünyanın yüzkarasıydım ve sürüngenlere bile yer veren dünyada bana yer olmadığını hissedip onun sımsıkı kolları arasında ufaldım, küçüldüm ve sonra yok oldum. Saçma sapan kadınlarla otel odalarında keyif peşinde koşarken aslında bir erkeğin karşısına hayatında sadece bir defa çıkacak olan gerçek aşkı ıskalıyordum.

"Ben duşa giriyorum kocacığım" dedi, yıllardır bu hitabı ondan duymamıştım.

"Seni özlemişim," dedim gülümseyerek ama dudaklarıma götürdüğü parmağıyla beni hemen susturdu, "Biliyor musun," dedi, "Bir insanı tüm günahlarıyla sevmek, işte bence gerçek sevgi budur ve inanıyorum ki benim seni ne kadar sevdiğimi bir gün anlayacaksın."

Dişlerimi sıktım, bu kadın beni cümleleriyle nasıl ezeceğini dünya nüfusunun tamamından daha iyi biliyordu. Hani paragraflar yazarsınız da bir etkisi olmaz ama tek bir cümleyle karşınızdaki insanı paramparça edersiniz, işte bana bunu yapıyordu.

Sonra sessizce arkasını dönüp duşa doğru yöneldi ve ben

arkasından baktığımda aslında karımın kalçalarının latin kadınlarından hiçbir farkı olmadığını gördüm, daha önce buna dikkat etmemiştim. Ben mutluluğu dışarıda arıyordum oysa her şey yanı başımdaydı. Şaka gibi.

Trajikomik olan şuydu; ben bir köpek gibi kendi kuyruğumu kovalıyordum ve onu yakalamak imkânsızdı ama hep daha fazlasını arayan ve aslında ne istediğini bilmeyen diğer erkeklerden bir farkım yoktu.

Kadehime biraz viski doldurup yatağa uzandım ve karımın duştan çıkmasını bekledim, ona sarılıp uyumak bile bana iyi gelebilirdi, az önce bana gösterdiği sevgi uzun zaman sonra kendimi yeniden iyi hissetmemi sağlamıştı. İhtiyacım olan huzuru kendi evimde yakalamak çıldırmak üzere olan ruhumu biraz olsun sakinleştirmişti, derin bir nefes alıp ışıkları söndürdüm.

Dalmışım. Uyandığımda Gül başını omzuma dayamış ve bana sarılmış halde uyuyordu. Bir gece aniden böyle uyanmak için bile evlenebilirdim, onu saçlarından öptüm, kokusunu içime çektim, onu ne kadar sevdiğimi söylemek ve pek ifade etmediğim duygularımı karanlık yatak odasını dolduran aşk kokusuyla ona fısıldamak istiyordum. Ama olmadı, bunu yapmak istediğim halde yapamadım çünkü onun hıçkırıklarını duydum, ilk başta yanılıyorum diye düşündüm ama onu sarstığımda aslında uyumadığını ve göğsümde ağladığını fark ettim, göz yaşları kalbime doğru düşüyordu.

Bütün bunlar ne anlama geliyordu? Onu çenesinden tutup gözlerine bakmak için başını kaldırmaya çalıştım ama bana direndi ve sadece şunu söylediğini duydum;

"Sırtında kanlı tırnak izleri var, ben seni üzecek ne yaptım Mert? Neden bana bunu yapıyorsun?"

Duyduklarıma inanamadım ve sessizce yutkundum,

bunu hiç düşünmemiştim. Evet Brezilya'daki uğursuz geceyi ardımda bıraktığımı sanıyordum ama bu hayatta hiçbir şey kolayca peşinizi bırakmıyor ve ayak izlerinizi takip ediyor, kıtalar ötesinde kalması gereken anların izleri sırtımdaydı ve karım ben uyurken muhtemelen sırtımı döndüğüm için hepsini görmüştü, izler tazeydi, yaşananlar tazeydi ve ben tedbirli bir adam değildim.

Belki de sebebi şuydu; ben o gece hayatta kaldığıma bile şükrediyordum ve kendimi şanslı görüyordum, dolayısıyla sarhoşken ve kim bilir hangi kızın içindeyken bağırarak ve inleyerek sırtımda bıraktığı tırnak izleri aklımın ucundan bile geçmiyordu.

Ne yaptıklarınızdan ne de düşündüklerinizden kaçamazsınız; ben suçüstü yakalanmıştım.

Onu tuttum ve kendime çektim ama karanlık yatakta ellerimden kurtuldu ve ağlayarak alt kattaki salona indi.

Bütün gece boyunca sabaha kadar salondaki ağlamalarını duydum ve yanına gidecek cesareti kendimde bulamadım, gerçeklerin bu kadar ortada olduğu bir sahnede tiyatroya gerek kalmıyordu.

Evliliğimi kaybetmek üzereydim ve mücadele edecek gücü içimde bulamıyordum.

Şuna inanırım; bir şeyler ters gitmeye başladığı andan itibaren gerisi çorap söküğü gibi gelecektir. Karımın sırtımdaki ihanet izlerini keşfetmesinin ardından ertesi sabah evden çıkıp işe gittim, tek kelime konuşmadık. Aynı akşam eve döndüğümde benimle konuşmak istemedi ve ayrı yemek yedik. Soru bile sormuyordu ama hâlâ kendini ikna etmeye çalışıyordu, evliliğimizi kurtarmak ve benimle devam edebilmek için kendine binlerce yalan söylüyor olmalıydı, bakışlarından ve beden dilinden bunu açıkça okuyordum.

Konuşacak bir şey olmadığı için olayın soğumasını beklemeye karar verdim, Brezilya'da olmuş bitmiş ve belki de hayat boyu bir daha görmeyeceğim kadınlar için benden ayrılmayı düşünmeyecekti, çektiği acıyı yeterince derine gömmeye çalışıyordu ve belli ki bu zaman alacaktı. Ben ise bu süreçte sessiz kalmalı ve bu konuyu açmadıkça çenemi kapalı tutmalıydım, evliliğimi kurtarmak için yaptığım tüm strateji bunun üzerine kuruluydu.

Size Pelin ile otelde yaşadığım son sevişme gecesini anlatmıştım, işte benim hikâyemdeki düğüm noktası burada saklıydı çünkü Pelin hayatımdan çıkıp giderken benden bir çeşit intikam almayı kafaya koymuş olmalıydı. Bunca yıldır kocasını aldattığı için kendini cezalandırmak istiyordu, bir çeşit vicdan muhasebesine kendini kaptırmıştı ama Pelin gibi kadınlar çıkıp giderken sizi de yakmayı ihmal etmezler.

O gece Pelin ile oteldeki son görüşmemiz adeta İsa'nın son akşam yemeği gibiydi.

Bir anda beni yerle bir etmişti, onunla yakaladığım ten uyumu benzersizdi ve sadece onu kaybettiğimde ona gerçekten ne kadar bağlı olduğumu anlamıştım, hayatımda ciddi bir yer kaplıyordu ve bunun sebebi sadece en yakın arkadaşımın karısı olması değildi, evet bu fantezinin beni tahrik ettiğini inkâr etmiyorum, ama bunun ötesinde o kadına bayılıyordum.

Kadınların bu kadar kararlı olmasını ve aniden silip atabilmelerini anlayamıyordum, kendimi ilk defa bu kadar değersiz hissetmiştim, sanki ayaklarımın altındaki toprak titriyordu, etrafımdaki her şey beni bırakıp gitmeye hazır gibiydi ve biliyor musunuz;

Bir erkeği en çok ürküten, aslında sandığı kadar güçlü olmadığını anlamasıdır.

Ben bunu fark ediyordum, Brezilya'da saçma sapan bir gece yaşamış, kırklarımda olmama rağmen halen anlamsız zevkler peşinde koştuğumu fark etmiş ve ardından evime döndüğümde bana vaat edilen mutluluğu ve huzuru sırtımdaki tırnak izleriyle kaybetmiştim.

Game over.

Bir de bunların üstüne Pelin hayatımdan çıkıp gidiyordu, hem de arkasına bile bakmadan. Sonrasında başıma gelen olaylara baktığımda, sadece beni terk etmekle kalmadığını, aynı zamanda son sevişmemizi kocasına anlatmış olduğunu fark ettim, çünkü Kız Kulesi'ne yalan söylediğim gece Selim'in gözlerindeki nefretin sebebi tam olarak buydu, "Karımdan uzak dur," diyerek beni tehdit ediyordu. Selim ile kavga ettiğimiz gece birkaç saat boyunca İstanbul sokaklarında dolaştım, düşüncelerimi toparlayamıyordum. Gecenin sonunda eve döndüğümde, karımla oturup konuşmayı ve evliliğime yeniden sarılmayı düşünüyordum oysa sadece birkaç gece önce otel odasında Pelin ile sevişiyordum. Duygularımdaki dengesiz med cezir artık ellerimden kayıp gidiyordu, tutunacak bir dal arar gibiydim ve tek umudum evimde karımla yakalamayı düşündüğüm mutluluktu. Bütün kartlarımı buna oynamaya hazırdım.

Eve girdiğimde daha kapıdan ilk adımı attığım anda karımın içeride olmadığını anladım.

Yoktu.

Nedense o anda, Selim'e saldırmadan önce arabasında telefonla konuşmakta olduğu sahne geldi aklıma. Son derece keyifli bir hâli vardı; çünkü karısıyla ortak planlarını devreye sokuyorlardı. Ben onların evliliklerini bozmuştum, onlar için intikam vakti gelmişti.

Ardımdan kapıyı kapatıp bir süre karanlıkta dikildim,

kendimi tüm cephelerde savaşı kaybetmiş bir adam gibi hissediyordum, bu duyguyla başa çıkmak pek kolay değildi, özellikle de tüm hayatını başarı ve ego üzerine kurmuş bir adam için oldukça zorlayıcı bir duygudan bahsediyorum. Karanlığı içime çekip ayakkabılarımı çıkardım.

Şimdi hatırlıyorum da ne kadar garipti; daha bir gece önce bana sımsıkı sarılan karım evde bile değildi, hayatta birkaç saniye içinde çıldıran kadınlar olduğu gibi, bir gecede terk edip giden kadınlar da vardı elbette. Hiçbir erkek, bir kadından yiyebileceği darbelere asla hazırlıklı değildir, kadınları güçlü yapan da işte budur. Uzun zaman sabırla beklerler ama en doğru anda ve en isabetli şekilde vurup erkeği yere sererler.

Hayatımda ilk defa yalnızlığı tüm hücrelerimde hissettim. Bir insanın ruhu bu kadar yalnızlık için yeterince güçlü değildi.

İçeri girdiğimde ışıkları yaktım ve yemek masasının üzerinde üstünkörü şekilde buruşturulup atılmış bir kâğıt gördüm, yanında hızlı kurye ile gönderilmiş zarf da duruyordu. Kâğıdı alıp okunabilecek şekilde düzelttim, şunlar yazılıydı:

"Biliyor musun, ben hayatımda hiçbir erkeğe güvenmedim. Kendi kocamın beni kaç defa aldattığını bilmiyorum, hatta düşünüyorum aldatmayan erkek var mıdır? Ama şunu biliyorum ki senin gibi kadınlar, ben asla aldatılmam diye düşünen kadınlar, işte siz kadınlar aleminin en iğrenç üyelerisiniz. Sana her baktığımda hem iğreniyorum hem de gülüyorum. İğreniyorum çünkü bakışlarındaki kibir midemi bulandırıyor, kendini bir şey zannediyorsun. Aynı zamanda içten içe gülüyorum çünkü kocan senelerdir benimle yatıyor ve eminim senin ruhun bile duymuyor, bu durumda sana kurye ile göndereceğim bu notun yanına, kocanın bana gönderdiği mesajların çıktısını da ekliyorum. Sen avukatsın ya hani, belki bu notuma inanmayıp şüphe

duyarsın, bu durumda üç gün önce, otelde birlikte geçirdiğimiz üç saat boyunca onunla nasıl seviştiğimizi sana gönderdiğim ses kayıtlarından dinleyebilirsin. Belki bunları dinlemek seni tahrik eder ve seks hayatınızı renklendirir, ne dersin?"

İnanamadım.

Karşımdaki oyun tahmin ettiğimden çok daha büyüktü; çünkü Selim'in benden yıllardır gizlediği öfkesinin ötesinde, karısı da Gül'den öldüresiye nefret ediyordu.

Her erkek gibi, kendine güvenen ama özünde ve yaşam biçiminde dangalak olan her erkek gibi inanamadım, inanmak istemedim. Bütün bunlar üst üste planlanmış ve beni dalları asla kopmayacak bir ağaca asacak şekilde organize edilmişti. Elimde o buruşturulmuş kağıtla apar topar evden çıktım ve arabaya atladığım gibi hayatımı tek kalemde perişan eden Pelin'i ve kocasını öldürmek üzere yola çıktım. Bunu birlikte planlamışlardı ve karısını son defa otele benim yanıma göndermesinin tek sebebi ses kayıtları alarak evliliğimi sona erdirmekti.

O anda kendime şunu sordum, eğer o gece akşam yemeğinde ondan özür dileseydim ve bir daha asla karısına yanaşmayacağım konusunda kesin olarak söz verseydim, yine de bu planı devreye sokar mıydı? Evet diye yanıtladım fısıltıyla, çünkü tek istediği benim onun karşısında ufaldığımı görmekti, karısını nasıl düzdüğümü unutmasının tek yolu buydu. Belki evliliğime büyük bir darbe indirmek konusunda başarılı olmuştu ancak ondan özür dilediğimi görecek kadar büyük bir tatmine ulaşamamıştı. Restorandan çıktığında arabada karısını arayıp mektubu kuryeyle hızla evime göndermesini söylemişti, çünkü benim öfkeli olduğum her zaman yaptığım gibi saatlerce arabayla dolaşacağımı bilecek kadar beni iyi tanıyordu.

Şehrin diğer ucunda yaşıyor olmaları umurumda bile değildi, mantığım tamamen devre dışı kalmıştı çünkü onlara zarar verme fikri ruhumu tamamen ele geçirmişti. Derinlerde bir yerde, aralarındaki suç ortaklığının sağlamlığını kıskandığımı bile söyleyebilirim. Ben böyle bir ortaklığı hayatım boyunca kimseyle kuramamıştım, belki de beni en çok öfkelendiren detay buydu.

Ana yola çıktığımda süratim iki yüze yaklaşıyordu ve o anda hafif bir yağmur arabamın ön camına düşmeye başladı...

Şehrin tüm ışıkları yanıp sönüyordu, telsiz sesleri kulağımda yankılanırken otuz katlı bir rezidansın terasında sigara içerken buldum kendimi. Gökyüzü açıktı ve parçalı bulutların ardında dolunay vardı. Onunla konuşmaya başladım, sigaramı dolunaya doğru üfledim ve rüzgârı dinledim bir süre. Boğazda serin bir rüzgâr esiyordu, çocukluğumdaki dut ağaçlarının kokusunu içime çektim, belki de yaşadığımı düşündüğüm hiçbir şey aslında gerçekleşmemişti ve her şey tanımsız bir kâbustan ibaretti. Sevgisiz geçirdiğim yıllar büyük bir illüzyon olmalıydı, bu yanılsama içinde kendimi boş yere üzmüştüm. İçime attığım tarifsiz keder kendini seks ve şiddetle dışa vurmuş olmalıydı, kendi ruhumu analiz etmeye çalıştıkça daha derine daldım. Gitmek istemediğim bir yöne doğru dibe dalıyor gibi hissettim ve bir çeşit derinlik sarhoşluğu beni sessizce ele geçirdi. Hayatımdan geriye kalacak sahneyi düşündüğümde aklıma neyse ki Marta'nın çıldırma anları ve asla unutamadığım bakışı gelmedi.

Onu düşünmek bile istemiyordum.

Onun yerine belki de çok daha garip bir sahne geldi aklıma, yedi sekiz yaşlarımdayken annemin saçlarımı okşadığı bir sahne. Garip diyorum çünkü annemin saçlarımı okşadığı başka bir sahne aradım ama bulamadım. Yani bu sahnenin yerine koyabileceğim ve azıcık sevgi içeren başka bir sahne bulamadım. Avuçlarımda kalan tek sahneyi düşündüm, bir yaz akşamüstü, evimizin salonunda yalnız başıma oturuyordum. Tam bahçeye çıkacakken birden annem omuzlarımdan tutup beni kendine çekmişti ve hiç beklemediğim ve alışık olmadığım şekilde bana sarılıp saçlarımı okşamıştı. Ben bu sahneyi belki de yıllardır aklıma getirmemiştim, şimdi nedense gözümün önünden gitmiyordu. İşte bu sahnede annemin gözlerinin içine baktım ve nedense ağladığını gördüm, oysa babam hayattaydı ve sanırım yarım saat sonra eve gelmişti, üzüleceği hiçbir şey yoktu ya da milyonlarca nedeni vardı, bilmiyorum. Yaşım yetmiyordu ve bilmiyordum. Hayatı anlamıyordum çünkü her şeye yeni başlamış gibiydim. Teras manzarasında polis telsizinden gelen sesler arasında sigaramı içerken annem saçlarımı okşamaya devam etti ve ona neden ağladığını sorduğumda birden karım Gül onun yerini aldı.

Onu nerede kaybetmiştim? Beni bırakıp nereye gitmişti?

Annemin sesiyle kendime geldim,

"İyi misin Mert, beni duyuyor musun oğlum?"

Gözlerimi açmaya çalışırken sesin nereden geldiğini anlamaya çalıştım, kollarıma serum takılmıştı, çenemi zorlukla oynatarak onu yanıtladım,

"Neredesin anne?"

"Buradayım oğlum, yanındayım. Hastanedesin, çok büyük bir kaza geçirdin, polis beyler bizi aradılar ve haber verdiler, karına ulaşamamışlar, haberi aldığımız anda babanla geldik."

Ben size dürüst olmak konusunda yemin ettim, bu kadar satırdan sonra şimdi size yalan söyleyecek değilim; annemin sesinde garip bir şefkat vardı. Çocukluğumda ondan hiç duymadığım bu şefkat dolu ses tonu artık içimde tutamadığım duyguların yüzeye çıkmasına neden oldu ve yüzümün her köşesi acıyor olmasına rağmen ağlamaya başladım. Annemin sıcak parmaklarını sağ elimin üzerinde hissettim, "Tamam oğlum, biz yanındayız. Buradan ayrılmayacağız, seni seviyoruz oğlum."

Bana neden bunu yapıyordu? Artık kendimi tutamıyordum ve hıçkırarak çözülmeye başladım, sanki ruhumdaki tüm buzlar eriyordu ve ben kendimi tutmak için bir sebep göremedim, neredeyse ölmüştüm, belli ki geçirdiğim kazadan sonra hayatta kalmam bile bir mucizeydi, ağlamak ruhumu boşaltmanın tek yoluydu. Kendimi ifade edebilmek için tek yapabileceğim buydu, bakışlarımı anneme çevirdim ve aklımdakini sordum:

"Neden anne? Neden kendimi asla iyi hissedemiyorum?"

"Bilmiyorum oğlum," dedi "Biz nerede hata yaptık bilemiyorum. Babanla birlikte hayatta her şeyi başarabildiğimizi düşünürdük, seni her zaman rahat yaşattık ve sahipsiz bırakmadık, senin eğitimin için elimizden gelen her şeyi yaptık ama yine de senin ruhundaki ateşi söndüremedik. Bizi hiç aramıyorsun ve biz aradığımızda bile konuşmak istemiyorsun, bize her zaman kötü davrandın ve kendinden uzaklaştırmaya çalıştın."

Her şeyin farkındaydım ve bütün bunları neden yaptığımı bile bilmiyordum, düşündüğüm zaman annem haklıydı, bana yaptıkları hiçbir kötülük veya hayatımda eksik bıraktıkları hiçbir nokta olmamıştı. Buna rağmen onlara sevgi beslemeyi asla başaramamıştım.

"Anne," dedim canım acıyarak "Biliyor musun, beni gerçekten sevmeni çok isterdim. Şimdi hayatımdaki her şeyi kaybettim ve yaşadığıma bile sevinemiyorum."

Annem bakışlarını hastanenin camına yöneltti ve sessizce dışarıdaki martıları dinledi. Çocukluğumda bir akşamüstü saçımı okşadığında neden ağladığını hâlâ bilmiyordum ama ona sormak içimden gelmedi. Bunun yerine sessizce birbirimizi izledik bir süre. Sonra aniden derin bir nefes aldı ve martılara doğru fısıldadı:

"Belki de hayatın anlamını kavraman için, her şeyini kaybetmen gerekiyordu oğlum. Biz sana kaybetmeyi asla öğretmedik. Keşke bunu akıl edebilseydik..."

Bakışlarımı pencereye çevirdiğimde dolunayı gördüm. Beni gerçekten seven ama asla değerini bilemediğim bir kadın kadar güzeldi ve gecemi aydınlatıyordu...

SON